U0856676

你只负责精彩
老天自有安排

You just please focus on working wonders,
and God will arrange anything else.

CNS
湖南文艺出版社
HUNAN LITERATURE AND ART PUBLISHING HOUSE
博集天卷
CS-BOOKY

你只负责精彩
老天自有安排

生活里没有传奇，只有一些故事因为梦想而闪光。

你只负责精彩
老天自有安排

目 录

Contents

You just please focus on
working wonders,
and God will
arrange anything else.

⊖ 第二辑　现在的你还好吗

Contents

㈢ 第三辑　一朵花开的时间

你只负责精彩
老天自有安排

You just please focus on working wonders, and God will arrange anything else.

第四辑　时光会说出答案

你只负责精彩
老天自有安排

序

Contents

You just please focus on working wonders, and God will arrange anything else.

终于写了出来
慕容引刀

和七月蔚蓝认识是很多年前，当时她还在上海，总有些奇怪又有趣的想法冒出来，说是要写成剧本，写成长篇，写本短篇集，甚至还想过做漫画……

有时候问她，你的那本长篇如何了？她半天才反应过来，说，哦，那个啊，那个跳过了，在构思另外一个呢……

她说小时候更爱画画，中学时报班学习素描，结果被老师批评不动脑筋，恰好那时语文老师总念她的作文，她一冲动就“弃画从文”了。但是，为了安慰自己夭折的“画家梦”，长大后她结交了很多画画的朋友。

她说，明明是写东西的人，居然被画画的圈子包围了。

哈哈。

几年前的一天，她告诉我要去北京电影学院进修，文学系。没多久，我从前一个同事也来说要去北京电影学院进修，动画学院。我乐了，问她们要不要认识。她很高兴，去北京的第一个月，发短信来说两

人成功地“接上头”了，而且相见恨晚，聊了整整8个小时！

而那个姑娘，就成了这本书的插画作者。

她一直说想写普通人的故事。在她眼里，没有“没有故事的女同学”，也不存在“一张白纸的人生”，每个人都背着一串故事在前行。她有个朋友甚至开了家“CY故事”的网店专门卖故事，俩人还会背起包出门去搜集故事。

有一次我从台湾回到上海，她也刚旅行归来，给我讲乞丐的故事、大学生村官的故事、群众演员的故事……说是很想记下来。我也觉得不错，说，那你赶紧写吧！

她答应得很痛快，我却莫名地想起她曾经讲的一个笑话：

过年的时候，她回家乡见朋友。朋友一边和她吃饭一边语重心长地说：“五年前你说要写书，现在五年过去了。你把书的前几章给我，我帮你结尾吧！”

她愣了愣，小声说：“前几章还没出来……”

朋友又说：“那你把书的目录给我，我帮你写主体吧！”

你只负责精彩
老天自有安排

You just please focus on
working wonders,
and God will
arrange anything else.

她继续无辜道："目录也还没有……"

朋友很无奈："那你把书名给我，我帮你包办了吧！"

她的脸快埋到饭桌下面了："书名还在构思中……"

哈哈。

不过，这次她终于"扳回一局"。不但有了书名，还有了目录和结尾。

这是她出的第一本书。

恭喜她终于写了出来！

你只负责精彩
老天自有安排

自序

Contents

You just please focus on
working wonders,
and God will
arrange anything else.

背一串故事
七月蔚蓝

初到上海时，导师请我们吃饭，讲了个小故事：

有位老人爱捡矿泉水瓶，家里堆满了废瓶子。一天，两个年轻人对他说，有个地方扔着很多瓶子呢！

他一听，兴冲冲地就跑去了。

果然，好多丢弃的矿泉水瓶。老人欢欢喜喜地抱回来，却发现，堆在家里的瓶子全都被偷走了——

导师顿了顿，问我们，你们猜，老人这时会是什么反应？

我们谁都没有猜中。

导师说，老人把手里刚捡来的瓶子往外一扔，说了句："本来就什么都没有嘛！"

是的，本来我们就什么都没有。

可那时候又想，如果有一天七老八十，还是会留下点儿什么吧，比如回忆，比如记忆里的那些人和故事。

时常觉得，每个人都背着一串故事在往前走。

收快递，那天下着雨，我在路上，快递小哥在楼下等我。他说北京房价太贵，自己租的房子很拥挤，一个屋子塞了十几人，他一直住暗间，几年里从未见过阳光。他正在自学市场营销，希望有一天可以有更好的收入，租一间朝南的房间，每天都有机会打开窗户。

乘出租，司机师傅说有两个孩子，将来对儿子可以凶，却一定要待女儿好。等她出嫁，就准备最好的嫁妆。因为当年，他刚跑出租，没人照看女儿，他每天带着才两三岁的女儿跑出租，他开车，女儿睡觉。没上学的女儿，和他一样了解当地的路线。

坐火车，邻座是个创业的年轻人，他说有一年年关，三个银行卡连300块钱都取不出来，回家的车票都买不起。朋友来看他，他用所有的钱请朋友吃了顿饭，觉得自己完了。可是几天后，他谈成了一笔三十万的项目。而坐在对面的幼儿园女老师，曾经每天拥抱一个说话发抖的小男孩，对他说：来，别怕。

参加活动，有一个环节，问身旁人最近感动的一件事是什么。她说，不久前，心血来潮回济南看望老同学。上午想到了，下午去买票，晚上就出发。坐了一夜火车，第二天同学带她去KTV唱歌，定了间很大的包厢，她有些好奇，就两个人，怎么这么浪费？她拿起麦克风随意地唱起歌。可是唱着唱着，她在济南的所有老同学，居然一个一个，都变了出来。原来，同学得知她来，连夜通知了她在济南的所有同学，甚至有人专程请了假从很远赶来。

见一位老乡，说起她大学四年都没有恋爱。她说，其实整个大学都在暗恋一位学长，对方却根本不认识她。而她最美好的回忆，是有一天在食堂，她忽然看到男孩就在前面打饭，她飞快地悄悄走过去，装作要打饭。他自始至终没有看她一眼，但她站在他身旁，看着他打饭，阳光透过窗户照在他们身上，她忽然觉得生活真美好。

好朋友说，周末参加婚礼，做伴娘，却仍有工作紧着要谈，于是把对方一同拉到婚宴上。她一面与宾朋喝酒，她身后的合作人一面呼啦啦站起来替她挡酒，怕她喝醉了，谈不了事情。她笑说，你看，我有最拉风的伴娘后援团！

…… ……

因为遇到的这些人，我始终对世界怀有一点儿好奇。并且越发相信，每个人都是一本书，每个人都有

一串故事。

我的右手腕有一处小小的疤痕，是儿时刚会走路时留下的。那个冬天母亲烧了一锅沸水放在地上，我踉踉跄跄的忽然跌倒，一只胳膊全部扎进沸水里。我穿着厚厚的小棉袄哇哇大哭。当时的情形，即使父母找来剪刀剪开袄袖，或者等到解开衣服，我的整只手臂都不可能像今天般无恙。然而父亲不知哪里来的力气，刺啦一声，瞬间将我的棉袄袖子整个撕开了……

父亲说，除了那次，今生再也不可能撕烂厚厚的棉袄了。而于我，这就是爱的奇迹。

在我并不算丰富的人生里，不是没有失望、无助、焦虑，但仍然深信一些东西，比如爱、梦想、奇迹。

生活泥沙俱下，却亦有温热与感动长存。

谢谢所有遇到过的人。

即使一无所有，仍要庆幸，身后那一串故事，足以伴我坚定前行。

▶ the moments.

⏸ the momories.

⏹ the pain.

⏪ the happiness.

你只负责精彩
老天自有安排

11

You just please
focus on working wonders,
and God will arrange
anything else.

第一辑　岁月绵长，不移初心

三个笑柄姑娘

读大学时，我和宋宋、小苑住同一寝室。宋宋轻度追星，小苑一心想做记者，我总是闷头写一些故事。我们三个都是班级里不起眼的路人甲，默默无闻地读完大学，毕业时却吓到了很多人。

确切地说，我们一起成了大家的笑柄。

那年冬天，原本都在考研。小苑之前特意花了“巨资”，坐火车到北京参加新东方的英语课程，考研书买得比谁都多，放弃得比谁都早。我记得那个下午，她坐在电脑前盯着屏幕发呆，忽然扭头对着我们悠悠道：我想去××网站。

那是一个无人不知的门户网站。

她的话音刚落，我们齐刷刷爆笑。虽然专业是新闻，但我们一直有着非常强烈的自知之明，不入流的学校、闭塞的城市，还是专升本，她向往的那个大网站于我们有十万八千里的距离。我们不是孙悟空，这种白日梦，敢说出来就是真的勇士。

我们就当小苑讲了个笑话。但没多久，宋宋也发表了一番“梦话”，我们宿舍成了“不鸣则已，一鸣惊人”的典范。

宋宋也对考研投降了，并且做出了一个更具喜剧意味的决定——去北京找赵薇。“小燕子”热早已过去，甚至出现许许多多的负面新闻伴随着她，但即使如此，依然不能动摇赵薇在许多人心目中的地位，比如宋宋。

她从报纸上得知，赵薇在北京电影学院读研究生，并且是会去上课的那种，所以她觉得去北京电影学院找她是条靠谱的线索。

大家又忍不住笑了。我想了想，写了张字条给宋宋，说，你路上小心，如果找到了，帮我把这张字条带给赵薇。那时候觉得，做自己想做的事情，哪怕是极幼稚的想法也是值得支持的。我不知道她能否找到赵薇，但我希望她能。

她从服装市场淘了一件橘红色的冬衣，几十元钱，看上去很闪亮，也很好看；又从网上联系到一个可以寄宿的朋友，匆匆忙忙就出发了。

我则继续奋战在考研书中。

过了不到一周，宋宋回来了。她说，联系的地方当晚就不能住，差点儿流落街头，好容易临时找到一处住处，但是不方便久留，只好回来了。

她给我们讲北京的见闻，而赵薇，自然是没有找到。她去了北京电影学院，赵薇却不会乖乖在那里等着她。

宋宋说话的声音都比从前小了，像是受到了打击，我们以为事情就这么结束了。

过完年回来，考研成绩出来了。我没有考上。男朋友说：“从明天起，找工作吧。”

小苑又去了一趟北京，满脸狼狈地回来了。她愤愤地对我们讲，找到了××网站北京的地址，装作工作人员往里闯，差点儿就混进去了，结果关键时刻被抓到，给轰了出来。大家听完笑得很开心，觉得我们宿舍越来越欢乐了。

我联系了之前发表过文章的影视杂志社，得到一个去济南实习的机会。实习的第二天，何润东来济南做宣传，主编派人带上我去了。我对舍友汇报了这个消息，大家比我还激动。

第一次一个人去外地，第一次工作，做得很不适应，文笔原本还有些优势的自己，也忽然变得笨拙。其实同事都是很好的人，我却每天尴尬且吃力，连称呼都喊不出口。

而且，特别穷。实习没有薪水，我去济南带的钱非常少，男朋友送我过去，当时在网上看到的房子和“真相”有天壤之别，临时匆忙再找，当天定下，因为没有钱租单独的房间，我和一个陌生女人同住三居室中的一间。男朋友当晚就回了读书的小城，我们没有钱让他在济南找个宾馆住一晚。

那时候小，和陌生人住也不知道害怕。卧室只有两张床的空间，那个女人伶牙俐齿，床比我的大一倍，费用却平摊，而且她热衷于跟全屋的人吵架，我每天都睁只眼闭只眼地过日子。

实习了一周，我身上的钱便花光了，那个傍晚我身上只剩下两元钱，在去网吧上一小时网和吃一个饼之间犹豫不决。最终，我在网吧门口徘徊了20分钟，还是转身离开，拿着最后的两元钱买了一顿晚饭。

但因为实习得不太好，我没能坚持下去，放弃了转正的可能，提前回了学校。

已经是春天了，小苑也从北京回学校了。她居然真的在××网站实习了。

她给我们讲辗转投奔的过程，邮件隔两天一发，逼着自己搞定了中英文简历。最终从一个传媒QQ群聊过的人那里，得到了一个实习的机会。对方说，只是实习而已，绝无可能留下。

去了一个月，小苑的眼镜度数长了100。她说，去上个厕所，还要拜托同事帮忙盯一下，生怕错过重大新闻。

毕业前，宋宋看着杂志上一篇报道金牌经纪人的文章，很有些失神，说："如果我也能那样，每天见明星，还赚钱，该多好！"

我想，她还没有放下呢，于是笑着对她说："那你试试吧！"

大学毕业后，她和男朋友带着所有行李去了北京，连暖壶都带过去了。

他们去租房子，找相熟的朋友帮忙，只提了一个要求：要便宜。因为毕业了，不想再花家里一分钱。

两个人找到了一处老房子，月租三四百元钱，连桌子都没有，光线暗淡，白天也要开灯，必须提前在外面的公共厕所方便完才能回家睡觉。

我也想去北京，但家里坚决不同意，觉得我这样没学历、没能力的笨姑娘，去北京不是被饿死就是被诈骗。为了避免争吵，我在家乡找了份工作，当天下午就上班了，干了一个月就辞职了。并非干得不好，其实很受老板赏识，但是不开心，觉得这不是自己想要的，一咬牙便辞职了。

那些日子有些迷茫，我思来想去，在一位老师的建议下，做了个让家人和自己都能接受的决定：再次考研。

我清楚自己学习自制力差，说服家人后回到读书的小城，在学校对面租了房子，每天早出晚归地去学校找地方复习，拿着手电筒，提着水壶，穿着最耐脏的黑色羽绒服，臃肿且狼狈。

第一次考研时，想去大城市看看，但身边人都觉得不切实际，于是我妥协，选择了山东的一所普通高校。第二年，我报考了上海一所985重点大学，跨专业，没敢告诉家里。因为母亲曾经忧愁地对我说："我们就捡那些没有人报考的小学校填报，才有可能考上啊。"

朋友都不太看好我的选择，觉得都是第二年考研了还不安分，居然报个上海的重点学校，明摆着要白折腾，又叹气说：

“大概是以考研为借口回去找男朋友吧。”那时我的校园爱情刚刚结束，和几个“同命相连”的朋友一起，应了当时很流行的一句话：毕业那天，我们一起失恋。

我没有解释，只是很怕考不上。每天睡六个小时的觉，洗脸用清水随便扫两下，吃饭十分钟搞定，买水果时看老太太慢慢称橘子的样子恨不能一把抓过来。那时候我的时间的确以秒在计算，进教室学得特别投入，出了教室会莫名地哭，感觉自己长成了一朵奇葩。

与此同时，宋宋也在经历着一场荒唐的尴尬。

她来电话说，找不到工作，费了好大的周折，才搞定个薪水很低的职位，结果有一天还因为“不合格”被开除了。那天宋宋站在公司楼宇外面，握着手机犹豫着到底要不要把这个“噩耗”告诉男友，结果两分钟后，她收到了男朋友的短信，上面只有一句话：我被公司炒鱿鱼了。

那天宋宋的心情本来就低落至极点，但看到短信的那一刻，她忽然忍不住，站在车水马龙的路口哈哈大笑。他们居然同时失业了！

宋宋说，那一刻，她体会到了什么叫“悲极生乐”。

就在这样的哭哭笑笑中，又一年的冬天过去了。宋宋谋到了一份新工作，在北京做演艺经纪人，带着个不出名的小组合，还给我寄了他们的Demo（样本唱片）。而小苑那个只提供实习的机会，终于因为她的疯狂表现，给转正了。据说，这个妹子干起活儿来就是个纯爷们儿。

一岁一枯荣，我的考研成绩也下来了。

我回到学校准备复试，有个老朋友来学校看我，问我考得怎么样。我随口说考了第一。他听完哈哈大笑，觉得我越来越幽默了。

但是他看到我没有笑，顿住了。我愣愣地看着他，他也愣愣地看着我。半晌，他才确认："居然真的考了第一？怎么可能？"发现是事实后，他又很淡定地说："像我们这种学校，考第一人家也不会要的。你要有个心理准备，别太难过。至少进了复试，也算有所安慰了。"

我没有说话，浅浅地应着。

研究生复试时，有老师问我，为什么报考这所学校和电影学专业？我说，因为我想做一名编剧。老师们都笑了。因为我报考的不是上戏（上海戏剧学院），虽然有电影专业，但同学们毕业后大多为人师表，没有抱着做编剧想法的学生来这里。我也笑了。只是我不能说，我存了私心，这所学校有150分的作文题，我以为能多拿些分的。虽然事实上我的作文分数并不高。

半年后，我带着入学通知书坐上了从山东南下上海的列车。

直到复试成绩出来，我在回家乡的路上，才敢打电话给父母，告诉他们去了一趟上海，我考的不是山东。

三年后，我研究生毕业，兜兜转转一圈，按照之前的想法，来到北京，做了一名编剧。

宋宋在北京做娱乐记者，每天能见很多明星，还很赚钱。

我来北京的当晚，宋宋和小苑请我吃饭，宋宋拿出手机给我看照片。有一张照片，宋宋穿了碎花裙子，笑得一脸灿烂，就在不远处，站着正在接受采访的赵薇。

宋宋说，那是个颁奖盛典，知道赵薇要去，她特意穿了好看的衣服去看她。其实，她只是在台下很近的地方看着赵薇，一句话也没有说，但是已经足够。她偷偷拍下这张合影，算是向自己的青春致敬。

小苑依然在××网站，已经是挑大梁带徒弟的资深编辑了。在我写这篇稿子时，离她结婚还有三天，对方是××网站的IT男。

恭喜。

▶ 默默说爱你

2012年的时候，我在北京一家外企做管理，当时都说2012是世界末日，我不知道有没有世界末日，但是接到小坦婚讯的那一刻，我感觉我的末日到了。

我们的故事，就像是《致青春》里的林静和郑微。我和小坦是青岛人，我比她大三岁，我们的家长是同事，我俩是青梅竹马的玩伴。从小，我一直是周围孩子里最被大人看好的男生，成绩优秀、懂事、聪明，但我只跟小坦一起玩。小坦是个好看且可爱的女生，圆脸，白净，眼睛大大的。她从小就跟在我屁股后面，我带着她做游戏，帮她补习功课，偶尔也聊聊未来和理想。

和小坦一起度过的年少时光波澜不惊，但那些日子纯粹、快乐，是我独一无二的回忆。高考过后，我进了武汉一所重点大学读书，而小坦，只进了家乡一所专科院校念幼师（幼儿教师）。但这阻碍不了我们之间的联系和默契，我们一如既往地通信、打电话、发邮件、聊QQ，后来又有了微信，我们从不曾中断过联系。而我每次回青岛，非常重要的一件事就是见小坦。

能够感觉到，小坦是喜欢我的。但很长时间里，我都没有正视我们之间的关系。因为自己从小心高气傲，总觉得男人首先要做出一番事业，才可以谈其他。而且，小坦是那种乖巧的女生，从小就渴望一份踏实的小幸福，如果连这都不能满足她，还谈什么其他的。甚至这中间，自己还简单谈过一个女朋友，没多久就分手了。但我心里明白，我是喜欢小坦的，大概也是从小就喜欢了吧。虽然有时候我能感觉到小坦的眼神，甚至她暗示的话语，但最终谁也没有把这份感情说开。她不是《致青春》里的郑微，喜欢这种话绝不会主动开口；而我，那时候一直在心里想：小坦，请再给我一点儿时间，等我去为你打造一片天空。

大学毕业后，我应聘到北京一家外企工作，公司里有中国人、日本人、美国人和法国人。我的英文、日语、法语都还可以，收入在别人眼里也过得去，但这依然与我的目标相差甚远。经常有朋友羡慕我的工作，但只有我自己知道这个圈子的辛苦与孤独，压力很大，竞争很激烈，不同国籍的人也不乏钩心斗角。很多个疲惫的夜晚，小坦干净的笑脸和家人期许的目光是我的动力，我打起精神，想要更努力地去换取一份稳定、体面的生活，然后向从小喜欢的女孩表白。为了工作和幻想中的未来，我甚至有两年没回过家。

可是，一切还没有说出口，她却要结婚了。

我傻在那里，很长时间大脑一片空白。是啊，我似乎只想着去拼一份事业，却忽略了我们的年纪。在北京这样的城市，男人三十出头未婚很正常；而在家乡，小坦已经是别人眼里地地道道的“剩女”了。

听说她要结婚的那一刻，一切都乱了。

几乎没有什么犹豫，第二天我就跟领导请了假。两年未曾回过家的我买了车票，决定去参加小坦的婚礼。甚至，在走之前，我挣扎了很久，想着到底要不要把小坦抢回来，要不要赶回去，在她结婚前，把这二十几年的感情说给她听。我还有机会是不是？心乱如麻的我这样告诉自己，非常矛盾地出发了。也做好了抢婚和应对一切混乱局面的准备，因为我很明确地知道，这辈子再也不会有一个人，会像小坦一样陪我走过从孩童到成人的所有美好时光了。

到了青岛，下了火车，我立刻打了一辆出租车往家赶。因为公司的事情太繁杂，当时正好有个日本同事和我处处竞争，工作上也遇到了一些麻烦。那一路，我的手机几乎没有消停过。我的心情很烦躁，在电话里，一会儿用英语跟美国同事讲工作，一会儿用日语跟日本同事吵架，整个人的状态乱作一团，也没有注意到司机带着我多绕了一圈。

因为青岛是旅游城市，司机看着我一会儿英语一会儿日语地蹦，料定我是外地游客，打算“宰客”，故意多转了一圈才慢悠悠地停到我家门口。一说价钱，我急了，这条线路我走了几百遍不止，什么价钱难道会不清楚吗?!

因为情绪本来就不好，我冒着抢婚和失恋两个恐怖的结果匆忙奔回青岛，结果一到家乡就被出租车司机坑了。我火冒三丈，当即改用青岛话和他对骂。我并不是多在乎他骗我的一二十元钱，但他的不厚道令我本就复杂的心情堵上加堵。

一听我转眼又蹦出青岛话来，司机也傻了。半天才说，本地人啊？本地人你早说啊！讲那么半天洋片子，我还以为好不容易来了个能多捞几块钱的机会呢！

我哭笑不得，也懒得跟他理论。但从出租车上下来，我却莫名地觉得，这座生活了近20年的城市，我此刻好像忽然与它有了隔阂。老乡觉得我不是老乡，而我独自走在马路上，看着闲庭漫步的路人，也隐隐觉得自己仿佛已经不属于这里了。那一刻生出莫名的惆怅和疑惑，即使我抢回了小坦，她能适应我那个纷杂的北京吗？或者我能够再回到这个海浪阵阵的青岛吗？一切都没有头绪，直到我见到了即将和小坦结婚的那个他。

小坦的未婚夫，居然也是我认识的人。

我是小坦的学长，那个男孩是小坦同一年级的同学，也是小坦的邻居。因为我们和小坦的关系一直不错，我和他也算是见面会打招呼的朋友。而且，我从小就知道，那个男孩喜欢小坦。都是男生，判定这种事情太简单了。可是，我似乎从来没有把这件事情放在心里。或许是因为我一直笃定，小坦更喜欢的人不是他吧。

但是爱情这件事情，终究在我的疏漏和躲避中，败给了那个执着的男人。

似乎是在见到那个男生的时候，我心底里曾经冒出的“抢婚”念头就那么淡淡地隐下去了。他是个踏实、可靠的男孩，对小坦的感情应该也从未输给过我。我仿佛可以预见到他们两个人日后在青岛那个平淡却甜蜜安稳的未来。

那个男生足可以给小坦一份“稳稳的幸福”，而我，却自始至终都没有这个把握。

终于，我明白自己这趟狼狈归来的行程，只是场盛大的告别而已。

既然已经决定放弃，我不愿将自己的情绪表露丝毫，所以一直面带微笑，和新娘新郎说着恭喜的话。为了给小坦一个浪漫的婚礼，我还特意教新郎用六种不同国家的语言说“我爱你”。

新郎学得也很认真。婚礼上，小坦好美，新郎用我教他的各种语言，在台上对小坦说着“我爱你”，台下一阵起哄，那氛围浪漫欢喜极了；而我，只能坐在酒桌前，静静地望着这对璧人，跟着新郎那句外语的“我爱你”，在心底里也默默地对小坦说一声：我爱你。

对不起。这么多年，这句话从来没能说出口。

记得刚读初中时，小坦要我教她英语，问我的第一句话就是："我爱你怎么说？"

只是，此刻才发现，居然已经过了这么久，而我已经走了这么远。

大概生命中注定会有一些遗憾吧，但是我更愿意这份遗憾只属于我自己。而对小坦，我只能微笑着说一句：新婚快乐。

▶ “臭流氓”的二十七年

我1986年出生在黑龙江省佳木斯市，中国第一个沐浴阳光的城市。我的故事，要从父亲讲起。

父亲是家里的老疙瘩，东北话，就是最小的儿子，上面有两个哥哥、一个姐姐。父亲年少得宠，学习好，人聪明，又懂事。据奶奶说，大伯和二伯都穿坏了三套衣服，而父亲一套衣服还崭新如初。父亲从小是邻居口中那个“别人家的孩子”：考试从没出过前三名，又擅长体育，长跑、短跑、各种球都不在话下。高考时父亲考了佳木斯市文科第三，是大家眼里的明日之星。

但就在发成绩的第二天，父亲和同学喝酒庆功，与当地流氓起了争执，大打出手，随后又被报复，被铁砂枪打伤。爷爷奶奶带着父亲奔走于全国看病就医，仍然没能保住父亲的右眼，落下了残疾。要知道，当年大学入学非常严格，近视超过多少度都不要，更何况一个独眼残疾去念建筑学院了。

父亲与大学失之交臂，性情大变，颓废得像是换了个人。爷爷看不惯父亲萎靡不振的样子，对他破口大骂；父亲忍受不了，身无分文便离家出走了，直到两年后结婚时才回家。

母亲是读书时认识父亲的，那时父亲还是学校的明星。父亲出事后，一次在工地遇见了母亲。母亲当时是单位里开铲车的女强人，而父亲只是搬砖头的临时工，右眼还有残疾。

但也不知道为什么，两个人没多久就结婚了，后来就有了我。

我从小生活贫苦，父亲是工地的临时工，只能靠卖力气赚钱，每天到家都已繁星点点。母亲稍好些，把铲车开得很帅气。不幸的是，我两岁那年，一次意外事故，母亲右小腿和踝关节骨折，左臂骨折，肋骨骨折两根，在医院躺了半年，接下来就是长达七年的歇工伤。

这七年里，母亲自己开小卖部、裁缝铺、饭店，带着伤残的身体想尽办法赚钱。父亲非常要强，因为眼睛残疾，很多老朋友帮他介绍工作，父亲不愿给人添麻烦都谢绝了。他一直自己打拼，做了多年的临时工，搬砖头、扛水泥，后来考了电工的证书，改做电工。

因为父亲为人正直，做事细心，单位有很多事情都放心地让他去做。我上初中时，父亲已经是佳木斯市房建办（住房建设办公室）装修队的材料员了，佳木斯市火车站的翻新，佳木斯游泳馆、体育馆的建筑都有父亲的参与。后来父亲调去物业做经理，我上中学时家里买了新房子，生活终于渐渐平稳，母亲也重新回到单位做会计。

看着父母一路坎坷走来，我却非常不懂事。高中的时候打架、混社会、处对象，成了出名的小混混。因为我的不懂事，浪费了家里很多钱。家里最艰难的时候还坚持供我学画，从我六岁开始一直不曾断过，找最好的老师，去最好的美术班，纸笔颜料从不比别人少。对于那时的家庭，供一个美术生比买房子、买车都难……

我从小对图形的认知能力就比较好，三四岁时父亲教我认字都是在物品上贴字条，然后把字条拿掉让我说和写。上到学前班，我的画经常被表扬。六岁那年，老师找到母亲，说我绘画天赋很好，希望家里培养。从此我就开始了漫长的学画路。

起初是在学校的第二课堂学习美术，小学三年级的周末去曙光美术学校学素描，四年级又改去一所美院学素描色彩，周六周日和寒暑假都泡在画室。

从我上小学起，直到大学毕业，从来没有过过一个寒暑假。别人放假的时候，我就背着画板横穿佳木斯市去学画画。

父母一直担心我的文化课，因为别人补课的时间我都在学画。但一直到初二，我还能考全班第三，自己也小小得意。可没多久，我跟班花恋爱了。当时学校有个混子，追了班花好久，我恋爱后成了他仇视的对象，隔三岔五他就来找我麻烦。

我没那么老实任人欺负，从开始被人打，到打别人；从之前听课学习，到整天想着如何把面子找回来，叫大家服我，我完全变了个人。没多久，我就在学校有了名气，所有混子都不敢找我麻烦了，但我跟那个女生也分手了，因为我变成了十足的痞子，抽烟、旷课、替人出头、拉帮结伙、跟老师作对。

家人拿我没办法，父亲没少揍我，但是没用。混日子的那几年，我唯一没敢放下的，就是画画。初三那年，我因“劣迹斑斑”被学校开除。转学前，我拿了佳木斯市艺术节初中组绘画比赛第一名，学校和老师都跟着受了奖励，开除也没有给我批评大会和档案污点。

进了高中，我越发地猖狂，开学不到两个月就发起了100多人对11人的群殴，目的就是：不出名誓不罢休。那次事件学校开除了很多“顽劣分子”，我是其中之一。

一向好强的父亲低头找人求情，最终保住了我的学籍。后来我以特长生的身份代表佳木斯市参加黑龙江省艺术节，在全省的高中美术生比赛中，我是唯一的高一生，虽然竞争者是200多名高三学生，我依然给佳木斯市捧了个第一名回来。当时还发了个文件，将我保送到哈工大艺术系。

有了保送名额，我越发肆无忌惮，整个高中到处惹是生非。也是那时候，我认识了现在的女朋友小黄。高二的运动会上，我开始追她。当时我在学校有四个兄弟，我们算是“五虎将”，没人敢惹的高中一霸。我排老二，大家都喊我二哥。我不好意思说太肉麻的话，有一天就对小黄说："明天我让兄弟们喊你二嫂行吗？"

起初她没听懂，我又说了一遍，她说考虑两天答复我，我就转身走了。刚走了没两步，小黄又把我叫了回来，说，等等，我考虑好了，可以。

就这样我又恋爱了。

高三时，发生了一件对我影响很大的事。那一年忽然改了高考政策，所有保送名额全部取消，换成加分，5—20分不等，我瞬间傻眼了！这三年除了画画，我一个字儿没学，书包都没背过，更别说作业和考试！就算画画我也只是在美术班给老师当了三年助教，高二的时候给学长做过替考，乱到自己都想不起来究竟干什么去了。最终，文化课我只考了240分，本科一个也上不了，美术过了N多也白费。

父亲很惆怅，要花家底想办法让我进大学，说希望我能继续学画画，不想耽误我画画。

我哭了，哭了好久，后来我选择了天津一所大专院校，没让家里多拿一分钱。想到父母这18年为我做的点点滴滴，我每天骄傲的一切都化作了泡影，以及即将到来的迷茫人生。我崩溃了，也或者说，终于清醒了。我自闭了一个月，把自己关在房间里学绘画软件，如PS、PT、AI、FL等，拼命想把之前浪费的时光补回来。一个月里，我电话不接，房门不出，一句话都不肯说，饿了就自己找口剩饭。到上学前，身高1.83米的我只有115斤，瘦得像牙签一样。

但这并不是最糟糕的。我一个月完全不与人交流，没有说过话，再开口时，发现自己居然变成了结巴，而且非常严重。

直到现在，我再也没有恢复，一说话就有些结巴，很多朋友还以为我是天生的。

步入大学生涯没多久，我有些失望，觉得什么都学不到，一个学期就崩溃了。我想出去学画画，于是帮老师做单子，想攒点儿钱报班进修。可惜老师很抠门儿，我没赚到什么钱，就打算拿生活费去报班，但生活费根本不够。最后我跟家里开口要了学费，在一家数字艺术培训机构学习绘画，并考了中级插画师、高级插画师以及平面设计师认证。我当时觉得很了不起，后来才发现根本没用，好在，真的学到了东西。

就是那时候，我又萌生了“闯江湖”的想法，打算外出赚钱。

当时我偶然得到了一个在开发区画壁画的机会，整个人格外用心。没等画完，又有其他人来找我，我以比同行更低的价格、更好的质量，一连气儿画了好几面墙，咖啡厅、酒吧、古董店、高尔夫俱乐部……赚了一点儿钱后，我为父母买了两部电话，还剩下6000元钱。

回到学校，我开始频频找老师，说好话，拿作品，终于办了一个“免修不免考”的特赦。我可以提前出去实习了，课可以不上，但作业要交，考试要回来，还必须及格，然后用实习证明和各个老师的签字加上所有科目成绩，来换毕业证。

就这样，刚大二我便只身跑到了上海。那时候心里想的，就是要对得起父母、对得起这么多年的付出，必须混出个样子来。

初来上海的时候很兴奋，把一切想得简单美好，做梦都是憧憬。很快，我找了家动画公司上班，做人物设计，第一个月工资800元。从什么都不会开始，我白天夜晚地跟着学，月底工作小结，我一个人完成了88个工作量，全公司最高，几乎是我们组的一半，而且是组里年龄最小的。第三个月我就升了组长，工资涨到2300元。结果公司发生变化，总导演带着主力走人，新领导特别肆无忌惮，一个执行导演拉我创业，我没想太多就答应了，几个人一起做原创动画项目。之后半年多的时间，每个月我只有1000元生活费，策划、编剧、设计稿、原画、动画、人物场景、道具、后期等都是我一人兼着，网站也是自己做。每天8点起床就工作，干到凌晨2点才休息。两个项目的样品终于出来了，没想到却赶上了经济危机，之前谈好的投资不投了，我们的努力打了水漂。

这半年里，我数次回天津考试，为了毕业证奔波往返，每个月1000元的生活费基本剩不下。那时候我住公司，方便面吃完了就饿着等发工资，别人吃东西我就跟着混一口。记得有一次，我从天津回来，兜里只有30元钱，十多天后，兜里还是30元钱，那几个月多了一个毛病：只要饿了，手就抖，心就慌，偶尔还出虚汗。

因为不到20岁就独自在外地，家乡的几个兄弟非常照顾我，每年中秋、母亲节、父亲节，都会替我去给我父母送花、送礼物。我每次回家乡，大家依然跟高中一样胡吃海喝，那时候又感觉世界是我们的了。

但是我知道，我丢了大本，不能丢人生。我不甘心被落在后面，所以提前跑出来工作，而且一定要干好。等同学们毕业开始为找工作发愁时，我已经做了几年管理了。虽然这期间，无数次投资变卦，我也几度崩溃，反反复复一穷二白，胃病、肩周炎、营养不良……但是我的热情和创业梦没丢，只要朋友说要创业，我就能抛下一切往前冲，一次次重新开始。现在的我一边做单子、一边做策划，双管齐下，希望成功的概率能够大一点儿。

再过几天，我和小黄在一起就整整十年了。去年，我们结婚了，没房没车也没有钻戒，但她还是笑盈盈地嫁了。我知道，吃苦遭罪暂时她是逃不了了，谁叫这姑娘傻乎乎的，非要对我这个臭流氓逼婚呢！

不过，我相信，她想要的一切都会有的。我们再惨也比父母当年拥有的多，而且正一步步好起来。生活中有许多的不如意，前面二十几年或许我已经比别人经历了更多，至于日后的美好，我相信，今天的我依然可以带着小黄，一如当年地往前冲，比别人更早地赶到。

▶ 有一种爱不可替代

七岁那年，父母离婚了，我跟着妈妈生活。单亲家庭的孩子小时候都有一门必修课——听父母说对方的坏话。

所以，我从小是听妈妈说爸爸的坏话长大的。离婚之后，妈妈、外公、外婆每天轮番上阵，在我耳边念叨一件事——你爸是个人渣。

其实他们一点儿都没冤枉我爸。爸爸是个瘾君子，败光了家里所有钱，我和妈妈最后是被他逼走的。因为他吸毒，最后把房子都搭进去卖了，我们连住的地方都没有了。

很多年之后我仍然清楚地记得当年爸爸吸毒的画面，大概是我五岁的时候，他跟一群人在家里吸毒，我坐在旁边写写画画。其中一个人拿着粉，正准备点，突然看到我，有点儿不好意思地对我爸说："家里有小孩呢！"

我爸头也不抬，无所谓地说："没关系，她习惯了！"

这么多年过去了，这个画面一直深深地印在我的脑海里，成为我恨他的理由。

爸爸卖了房子之后，准备去海南做生意翻身，结果赔得血本无归。其实他的性格根本不适合做生意，没有经济头脑就算了，还特别心软，别人欠了他钱他也不好意思要，吃了大亏。爸爸在海南待了五年，回来的时候落魄至极，整个人都变了。

在他吸毒之前，我们家很有钱，他早已过惯了养尊处优的生活，衣服不穿真丝的身上都会起疹子，跟豌豆公主一样。而那次他从海南回来，彻底从阔老板变成了农民工。事实上，爸爸在海南确实当过民工，去工地帮人家背沙子，一天25元钱。

听说这些事情的时候，我心里一直发酸。虽然妈妈已经跟他离婚了，一个人带着我，吃了上顿没下顿，过得很不容易，爸爸也从来都没有管过我们。但是当知道他过得不好的时候，我心里还是忍不住难受。

当现世报这种事降临在自己亲生父亲身上时，对于孩子来说，不见得会开心，虽然他确实伤害过我们。

这种纠结的感情或许没有多少人能理解，至少我妈不会，提起爸爸，她永远咬牙切齿，恨不得生啖其肉。那时妈妈常逼我去找爸爸要生活费，我知道他没钱，不忍心去要，但其他都可以省，学费却必须交。所以每个学期开学前我都有一场“恶战”——拿着交费通知去找爸爸，没要到钱，回家被妈妈一顿臭骂；要到了钱，心里的酸楚却比被骂更难受。

所以在整个学生时代，我不怕考试，也不怕老师，只怕交学费。

爸爸从海南回到贵阳之后，租了间小店面，靠帮人维修冰箱、空调之类的电器为生。但是慢慢地，电器开始走品牌路线，厂家都有专门的售后服务，爸爸的生意越来越难做了。

记得有一年过年，我去看他，我们父女一年几乎只见一两次面。那天我临走的时候，他突然特别不好意思地问我，能不能借他20元钱。我一问才知道，他已经三天没有吃饭了，也不敢去亲戚朋友家蹭饭。因为按照我们当地的习俗，过年去亲戚家有晚辈是要给压岁钱的，而他身上一分钱也没有了。

那天我根本不记得自己是怎么回到家的，心里翻江倒海。满大街都在张灯结彩，到处都是一家人欢天喜地庆祝新年的场景，而我的爸爸，却一个人窝在那个小店里，连饭都吃不饱。

我是真的很恨他，在别人欢乐的日子里，他给予我的不是家人围在一起吃的团圆饭，而是哭也哭不出来，闷在心里久久不能散去的心疼和心酸。

爸爸一直就这么穷困潦倒地混着，到后来，我跟他一年都难见一次面。我在外地读大学，独自提着箱子去异乡，没有人接送，所有事情都是自己搞定的。其实这些都不算什么，最窘迫的情形是，每当别人问起我的爸爸时，我永远不知道该怎么回答。

大二那年，有一次我的钱包被偷了，身份证、银行卡、现金全在钱包里，一起全没了。那时候妈妈在国外，我没办法，只能打电话给爸爸，问他能不能给我打500元钱救急。

很多很多年了，我从来没有主动找他要过钱，那是唯一一次。如果不是走投无路，我也不会跟他开口。

他在电话里面犹豫了一下，对我说："只有200行不行？"我跟他说"好"，挂了电话，也没有多想。

那天夜里，凌晨两点钟，我突然收到爸爸的短信，只有短短几个字：女儿，对不起，是爸爸无能。

我躺在宿舍的床上，咬着被子哭到天亮，因为怕惊动舍友，不敢哭出声音，憋得胸腔痛得要命，越痛越想哭，到最后哭得干呕。我长这么大，第一次哭成那样。

那个夜晚，我好像把积累了这么多年的怨恨、心酸、心疼都统统发泄光了。我告诉自己，以后在外面不管遇到什么，都不要再告诉爸爸了，他帮不了我，我跟他说，只会让他觉得愧疚。

或许这些年，爸爸都在赎罪，用自己悲惨的人生来赎罪。他没有养育过我，没有给过我一个完整的、正常的家庭，没有让我体会过什么叫父爱。他毁了我的童年，直到现在我回忆起小时候来都只有眼泪。他还毁了我的爱情观，让我缺乏安全感，对婚姻强烈不信任。我有那么多恨他的理由，可是在那一刻，我决定原谅他了。因为我终于知道，原来在他的内心里，他是爱我的，他只是没有能力给予我任何东西。

如果他有，他一定会是这世界上最好的爸爸。

我这辈子最大的心愿，与他有关。我希望有一天我交了男朋友，可以带回家和父母一起吃顿饭，饭桌上都是妈妈做的家常菜，饭后我跟妈妈在厨房洗碗，爸爸跟男朋友在沙发上看电视、聊天……

或许这个画面对于很多人来说再平常不过了，但我知道，我这辈子都无法拥有了。可我还是选择原谅，因为未来的路很长，我不能背尸行万里，也不愿怀恨几十年，我要有自己的生活。在慢慢成长的路上，我一直试着努力做一个普通、快乐的姑娘，如果将来有了家庭、小孩，我只希望，我们可以让孩子享有满满的、世俗却最宝贵的爱。

因为我明白，即使父亲给予我的爱从未完满过，可是它依然固执地躺在我心底最深处那个不可触碰的角落里，无法被任何事物所替代。

▶ 最后一面

记得一个夏天，哥哥参加完毕业十周年的校友会回来，指着当年的合影对我说：“一个班三十几人，才十年的时间，已经离开了三个。一个车祸，两个得病。”

那种惆怅和遗憾，终于在不久之后，我也体会到了。

他是我的高中同学。高三那年，班里来了几个复读生，是上一届高考没考好的学长，他是其中之一。

他面相比较老成，不到20岁的时候就有了张30岁的脸，相貌和英俊完全没什么关系。肚子也有点儿大，夏天时还爱卷起T恤露出圆圆的肚子。每天笑呵呵的，感觉就像是电视里的弥勒佛。

大概这种其貌不扬、性格幽默的男生非常容易和别人打成一片吧。没多久，他就融入了我们的班级，而我和盈盈与他的关系更好一些。我俩管他叫大哥，有什么烦心事可以一股脑儿全倒给他。他擅长讽刺和自我讽刺，那时候就开始担忧将来的婚姻大事，说自己丑成这个样子，也不知道日后有没有人肯嫁。

因为他，高三压抑的氛围里，多了那么几缕俏皮的颜色。

高考就那么稀里糊涂地过去了。他发挥正常，去了安徽一所大学读本科。

刚入大学，高中同学的感情还是非常好的，电话、邮件、QQ……我们一直没有中断联系，他也给我写了不少信。但是渐渐地，我被新鲜的大学生活所吸引，给他的回信和电话一点点少了。打电话找他，一般也都是苦恼、迷茫的时候，请他开导一下。他也毫不介意，接起电话，就大大咧咧地问："妹子，这次又有什么事情有求于我啊？"

有一次，刚考完英语四级，那时候还是60分及格制，考了59分的我如同被戳破的蔫气球，在操场上有气无力地溜达着。这时接到他的电话，听我一口气抱怨完，他忽然哈哈大笑，半晌才说："太好了，我四级考了57分，一直很郁闷，现在听说你考了59分，顿时舒坦多了！"

我听了非常无语，把他痛骂了一顿，但他临挂电话还是美滋滋的。

在我眼里，他似乎从来都是个无忧无虑的人。

又过了不久，我经历了一件在当时看来非常大的事情。虽然很多年后，如果不是因为回忆大哥，我几乎要想不起那段每天哭哭啼啼的过去。

我们所在的中学非常严格，所以少有早恋这种事情发生。我入大学时不但没谈过恋爱，还莫名地和一个同学约好了大学期间不谈恋爱。事实证明，我们对自己的预估比较失败。

大一下学期，我遇到一个男生，从见第一面起他就开始追我。他没什么特别的，也不是我喜欢的类型，但他和我之前认识的男生的最大不同就在于：他比较死皮赖脸。从前我们的喜欢都是克制和羞涩的，即使读了大学，偶有人表白，也多半遭到一次拒绝就自觉退出。而遇到他，我才知道了什么叫无赖。

我说拒绝，他当没听见；我去邮局，他必定要跟去；路上我多看什么一眼，他会即刻买下来送给我；表白的话也从来不遮掩，仿佛认定能追到我似的。

想来，这不过是极平淡低劣的招数。但恰好那时我连这种朋友都不爱结交，所以少有人这么“胆大心细脸皮厚”，他的方式竟让我有些慌乱。而且，因为一些契机，我们有几个共同的朋友，“知情者”告诉我，他在班级里和我说的样子完全不同，是个比较内敛的男生。

那时候小，不知是招架不住他的死皮赖脸，还是真的开始有了一点点喜欢。我一面说着拒绝，一面心里悄悄地发生了动摇。

大约过了一周，朋友问我，他是不是和别人在一起了？

我如实回答不知道。因为一件小小的不快，我有几天没理他了，他也没有再纠缠。而这时我才知道，那一次被我拒绝后，他很有些负气，转头接受了一个追他的女孩子。据朋友说，那个女孩还挺漂亮。

也不知道为什么，虽然从来没有恋爱过，我当时的感觉却如同失恋了一样。那时候根本想不明白，他怎么可以昨天还热烈地对我说我爱你，第二天就转身牵起别人的手。

那几天闺密恰好失恋了，我就陪着她一起每天哭，觉得天都塌下来了。现在想起来，非常滑稽。那样小的一件事情，现在可能连眼睛都不会眨一下，当时却着实哭了一周。

而最后让我不再傻哭的，就是大哥。

我那会儿又悲伤，又难于启齿，电话也打不出去，纠结着给大哥写了一封信，委婉地说了事情经过。他收到信后很快打来了电话，将我劈头盖脸一通骂，说那种见异思迁的臭男人，也值得你哭？就算是扔到大街上，我都不屑捡呢！

可能是自己骨子里非常贱吧，别人死皮赖脸一下就被感化了，再有人大骂自己一顿又舒服了，我终于清醒过来。是啊，我哭个屁啊？那种没人要的臭男人！

心里忽然痛快了，或许之前的痛苦本来就是一场虚幻的矫情，因为习惯了被疼爱，人家转个身，自己还摆出个搞笑的正室范儿。而事实上，明明是你不要人家，人家爱找谁找谁，关你屁事！

但是大哥依然不太放心我，因为我从中学起就是被人保护惯了的笨丫头。他担心骂我一次不够，所以很长一段时间，每天专门打电话来骂我，直到看着我最后开始回骂他，甚至骂也懒得骂，电话也懒得认真听，他才放心地不继续打电话了。

那之后，我继续着自以为丰富多彩的大学生活，遇到了新的朋友，也谈了人生中的第一场恋爱。

至于那个厚脸皮男生，其实没多久又把那个姑娘甩了，回来找我，说不喜欢她，问还有没有可能和我在一起。那一次，他终于学会了不那么死皮赖脸。也许是明白自己之前的行为不怎么帅气吧，他问得小心翼翼，也有些委婉。我心里微微一动，然后非常不客气地回绝了他，从此再无交集。

遗憾的是，我忙于在大学里结识新朋友、谈恋爱以及参加社团之类的事情，和大哥渐渐疏于联系，连信件都越写越少。我知道，自己可谓忘恩负义的恶小人。而大哥，偶尔打来电话，听到我乐不思蜀的样子，依然笑呵呵的。

时间就那么在眨眼间飞奔而逝，仿佛刚开学没多久，我们就要毕业了。

毕业前盈盈打电话给我，说，你知道吗？大哥病了，传说病得很严重，好像是癌症。

我一愣，第一感觉是哪里来的谣言？太可恶了！盈盈和我的感觉差不多，因此她述说的语气也非常底气不足，最终我们达成了共识：大哥病了，但是不太严重。

大学就那么平平淡淡地结束了。我和盈盈回到家乡，同时接到了大哥的电话，要约我们出来见一面。大哥一如既往地没正形儿，叫我们打扮漂亮点儿去见他。

听到大哥依然聒噪、乐和的声音，我心里终于松了口气，觉得重病是谣言没错了。而至于他说的那句“打扮漂亮点儿”，我原本是一定当作耳旁风的，而当时，也不知为何，居然认真考虑了下，要不要穿那件裙子去见面。

那件咖啡色的连衣裙，是夏天刚买的，所有人见了都说好看。

但是我扫了一眼那件裙子，随即又在心里说：算了，见大哥又不是去相亲，打扮什么！

所以那天我穿着一身运动衣就美滋滋地出门了，约在市里一家肯德基。大哥还是那副赖德行，见到我的第一句话就是：“哎哟，瘦了整整一圈！”

那天和往日的聚会似乎没什么不同，大哥嘴里没一句好话，他和我们贫，和我们聊过去，讲自己的笑话，但是不谈未来。那天聊到最后，我心里忽然涌上掩不住的悲伤：那个“谣言”，居然是真的。

他说，原本找到了接纳的单位，现在黄了；之前谈了个女朋友，现在也黄了；自己的身体忽好忽坏，今天状态不错。

大哥依旧笑嘻嘻的，说话还是那么漫不经心，那么沉重的话题从他嘴里说出来，好像又变得很平淡，以至于我再次无法确认一些事情。

那顿饭依然是他请客，他自己没吃什么，似乎是已经不太能随便吃东西了，而且，筷子也拿不好了。所幸，他又笑着说，肯德基也用不上筷子。

就那么见过了他最后一面，走出门的时候我望着嬉皮笑脸的大哥，依然不能够确信刚刚听到的一切。

后来的事情是盈盈告诉我的，没多久，大哥就住院了，却没能顺利出院。

大哥永远地离开了我们。

想起那些曾经的时光，心底生出奇怪而冗长的惆怅。很多时候我依然不太确信，结局是否就如盈盈告诉我的那样，或者，这是一个更大的谣言？

只是，当我穿着运动服懒洋洋出门的时候，我从来都不知道，那会是和大哥的最后一面。为什么没有认真打扮一下再去见他呢？很长时间里我一直责怪自己。我明白，这件小小的事情，终于慢慢变成了我生命里一个大大的遗憾。

而那件咖啡色的裙子，我再也没有穿过。

▶ 一个群众演员的自白

我从小是个叛逆的男生，1985年出生在上海郊区。初中毕业，我爸给我指出三条路：第一，按部就班考取高中；第二，去学厨师，至少可以饿不死；第三，去学建筑，因为有亲戚做这行。

当时我想读艺校，对写东西和拍片儿有兴趣，但父亲不同意，说如果考不上高中这条路就算断了。我没有第四条路可选，于是随便选了个建筑学校。

中专大多是三年，但我也不知道哪根筋不对劲，去了一所四年制的建筑学院。二年级时，不学无术的我得罪了物理老师兼化学老师，期末成绩挂掉，被留级一年。这意味着要读五年恐怖的中专。我打算退学，家人不同意，结果读到第五年，我罢考了，在毕业前几天终于还是滑稽地退学了。

2004年我19岁，一腔热忱、一穷二白，每天跟一帮“新概念作文”出来的小作家畅谈未来。当时有出版社找到我，提出让我写一本书“爆爆料”，大致就是那种嚼舌根的书，写一写那群新概念作家的八卦以博取眼球。我当时心高气傲，瞧不起那些玩意儿，没有答应。

其实不少作家步入正轨前都很蹉跎，一位朋友曾做过很长时间的枪手，甚至连枪手都不如，诸如无良出版商让模仿古龙的风格写本书，然后冒充是古龙新作。这些料自然不合适爆，记得当时有一位作家对我说，如果你写这本书，我就跟你绝交。

我没有写那本书，与他们的联系依然渐少，今天他们有人已是几万几十万粉丝的大V，而我一如既往地落魄，与他们的轨迹渐行渐远。

那时候我也试着写电影大纲，当时有人看中了我的大纲要买版权，不给署名，被我一口回绝了，并且我特别冲动地说：“我写的东西就要我来拍！”有位朋友和我恰恰相反，每当有制作人找他时，他能将完整剧本扔出去，也不怕抄袭，觉得先有个作品出来再说。他第一个剧本卖了1000元钱，是个数字电影。当时他对制片人说：“署名权我必须要，钱你随便给。”

现在他已经是身价不错的编剧了，而我也开始接些不署名的栏目剧。2005年，眼看写东西维持不了生计，我进入一家工厂做技术员，数控冲床。干了七八个月吧，一直萎靡不振的，每天都跟有人欠自己钱似的，有一天发了半天呆，起来就辞职了。

那个傍晚我站在十字路口，考虑着该往哪个方向走，是去龙华校区那儿溜达溜达呢，还是回青浦找个地方上班？我像个民工一样坐在马路边，迷茫地望着四周，然后眼看着一辆公交车从我面前经过。

那辆公交车车体上有个很大的旅游广告，上面醒目地写着一句话，大致是：你去横店了吗？

横店影视城是专门拍戏的地方，可谓古装大本营，我看着车走近又走远，在心里默默地想：好，那我就去横店吧！

我到网吧查了路线，需要从义乌转车，于是坐上公交车直奔上海火车站，对售票员说，我要最快的一班去义乌的车票。

2006年10月10日，我来到了横店。下车后给家里打了个电话。我妈说，人家外地人都挤着往我们上海跑，你为什么要出去闯呢？我对老妈说，我要对自己的人生做主，不管结果如何，都不后悔。

从上海出发时我身上只有300多元钱，一路上除了车费、吃吃喝喝，还为自己置办了一件衣服，到了横店就剩下四五十元钱了。

我随便挑了个景区下车，准备进去摸摸情况再说。可进景区需要门票，好像当时“广州街”是60元钱，“明清宫苑”是80元钱。我连门票钱也拿不出来，只好干站在后门口徘徊。

当时有个群众演员的群头，看见我在那里傻站着，就问：

“你哪个组的？”

我说：“我没有组啊！”

他又问：“那你跟谁的？”

我想了想，撒了个谎，说：“我找朋友的！”

他说：“找朋友你在景区站着干吗，你联系他呀。”

我只好继续圆谎：“我用的是上海小灵通，在这个地方打不了电话啊！”

那个群头把手机借给了我，我随便找了个朋友的电话拨过去，胡乱说了两句然后挂掉，转身告诉群头：“我朋友去北京了，不在横店，让我等着他！”

那个群头看着我，将信将疑地说：“那你现在准备干吗？”

我答：“我也不知道啊！我得等朋友回来！”

于是，群头说：“我这儿正好有个群众演员的活儿人手不够，你要不要顶替下？”

我心里大喜，干脆地答：“没问题啊！”

那个戏是张卫健的《A计划》，我到横店的第一天，做上了群众演员，第一次吃到了剧组的盒饭。

当时我没地方住，群头正好有哥们儿跟组外出，空着间房子。那种房子我也是第一次住，虽然我家并不阔绰，好歹也算衣食无忧。我住在一间只有一张床和一张破桌子的房间里，开始了“横漂”群演（群众演员）生涯。

当时，群众演员一天才20元钱，特约要80—100元。戏拍了四五天，有两个群众演员羡慕地对我说：“你运气不错啊，每天都有特约拍！”我一愣，说：“什么特约啊，我演的是群众！”他们说：“怎么可能，你没看到我们的戏服是脏的，你的是干净的吗？没看到你不但露脸，偶尔还带台词吗？你是特约，你那个群头从来只接特约的戏！”

我这才发现自己上当了。当天在拍马雅舒主演的一部戏，我演个药房小伙计，拍完戏有人来给我拍照片。我故意说：“我是群众演员，你拍什么照片啊！”拍照的人无辜道：“你是特约啊。”群头发觉露馅儿了，走过来哄我说：“啊，这个是特约啊，我也是刚知道啊！”

我心里暗暗不爽，问群头我下次戏是什么时间，他说是后天，然后我动了动脑筋说：“啊，后天我没空！”群头心知肚明，有点儿郁闷，然后掏出钱来说：“哎，算了，这80块钱全给你好了！”

但我还是没有继续跟着他干，我觉得自己翅膀硬了，扔掉靠山，从此过上了“吃了上顿没下顿”的单干生活。那些日子每天都跟组跑龙套，八小时20元钱，超出一小时5元钱，但如果要当天现结账，每20元钱扣2元、5元扣1元。我和大部分群演都非常穷，如果要等半个月再结账就要挨饿，所以大家都选择“现结”。也就是说，我折腾一天，可能只有18元钱而已。

那些日子有点儿悲摧，经常只能啃凉馒头。记得那个冬天，晚上七八点钟，拍完戏回来，我在马路边买了几个包子边走边吃。对面有两家小饭馆，因为快圣诞节了，都被装饰一新，屋内坐满了人，一眼看过去热气腾腾的，很让人向往。而我的包子早就凉透了，低下头闷闷地啃两口，感觉自己就是那个“卖火柴的小女孩”。

没几天就是元旦，我特意改善伙食煮了大白菜，这时接到了老妈的电话，问我过得怎么样。我装作很高兴地说：“我过得很好啊，妈，冻不着饿不着，有很多戏都找我拍啊！”

我挂了电话，一个人酸酸的，饭都不想吃了。

第一个来横店看望我的人是舅舅。当时他去杭州出差，打电话给我。我们在餐馆点了一桌子菜，按理说这顿饭应该我请，舅舅一眼看出了我的窘迫，直接问我：“你有钱结账吗？”我老实回答说没有，心里默默地想着：这桌子菜钱够我吃半个月呢！他结了账，叹口气，说：“你这是何苦呢？！跑到横店来干吗呢？！”

我不知道怎么回答，因为我自己也没有答案。

我更卖力了，一天拍十个小时以上很正常，能赚50多元钱了，后来也开始做小群头。有一次，我叫了些群演的朋友去接一个戏，拍了三五天吧，结果临结账时那家伙卷款跑了。我傻眼了。但那二三十个人是我叫去的，我就自己贴钱给他们，差不多来横店攒的一点点积蓄全搭进去了。也有哥们儿很仗义，不肯要我的钱，说自己差了这一二百块也饿不死。

那段时间我什么活儿都干，群演、群头、各种助理，还去当替身替明星跳河，跳河的戏经常是身上绑了保鲜膜就往水里扎，因为保鲜膜能隔绝湿气，保暖，也不显得臃肿。黄晓明那版《鹿鼎记》，里面有场戏好像是韦小宝的几个老婆掉到湖里，我就是掉下去的“老婆”之一。当时我穿了女人装，戴个假头套，大冬天的扑通扑通就往水里跳，根本不会拍到脸。

为了赚钱，我还去义乌舞过狮子，80—100元舞一场，两个来小时，有时候是到别人婚礼上表演，除了舞狮子，还舞过板凳龙。

但即使如此，我最后还是撑不下去了。2006年底，我答应了朋友跟组吴宇森的《赤壁》，似乎是做副导助理，但是电影迟迟不开机。我又不敢接其他剧组的长活，因为一接就是两三个月，所以断档的我山穷水尽，有了撤退的打算。

2007年3月，我准备回上海。当时所有朋友都劝我留下说，你回去了就回不来了，并且即使你回去了，也回不到原来的生活了。这句话是真的，但当时劝我的好多人后来也离开了横店。我们那帮人，不是没有人混出来，只是少之又少。混得好的都去了北京，混得差的都回了家乡。应了当时那句话：铁打的横店流水的漂。

离开横店没多久，就听说《赤壁》开机了。

《斗鱼》里面有句话，大体意思是，你一旦踏进黑社会，就出不来了。我感觉这个行当也一样。服务员、技术员转行很正常，但你一旦适应了这个圈子，就很难再适应其他圈子了。

回到上海后，我一直接散活，以拍东西为生，电视栏目、广告、影视剧都干过，中途还去某高校影视学院读过一年。但我看着研二的学生连轨道都不会架，心里觉得很傻，就没有继续读下去。

2008年底，我参加横店一个短片比赛拿了奖，得到当地赞助，可以去横店随便采景拍摄。那天采完景回来，碰到一个从前的群演哥们儿，他有些兴奋，以为我又回来了。我说不是来漂的，带了个小团队来拍短片，还有几个小时就回去，住在哪个宾馆哪个房间，你如果有空就来坐会儿。

如预想中那样，他没有来。他一定以为我飞黄腾达了。我们那些人，有着本能的防备和抵触心理，一旦有人飞上枝头变凤凰，距离就会立马拉开，我们不想成为别人成功的参照物，别人也不愿看到我们想起尘埃过往。我曾经有个哥们儿现在是小有名气的导演，微博粉他他不回，电话要几遍才肯给。我知道，我不再是他的哥们儿了。

当年，我们一起在横店拍戏，有一顿没一顿。后来他跟组去了北京，但是横店的费用还没有结，一天他给我打两遍电话，告诉我在北京多苦，没得吃没得住，最后不住地说："哥，你得帮我催催啊！"他没有开口向我借钱，但我知道群头的钱希望渺茫，犹豫了一下，自掏腰包把那三四百元钱给他打了过去。他当天来电话，高兴地说钱终于结了。

他从来不知道那笔钱是我打过去的。只是隔了多年，他把我从朋友名单上删去了。

似乎是哪部电视剧里有这么个桥段，两个穷人当年共患难，分一个饼吃，说是将来发达了可以凭着半块饼去找他。后来那个人真的升官发财了，但另一个人拿着饼去找他，却挨了一顿板子，因为：“怎么能被你揭了老爷的老底儿呢！”

所以我也早想开了，别人混好了不理我很正常，谁叫我总在人家最悲惨的时候遇到他们呢。还有个作家，我们曾经连在半夜轧马路绕圈子，去网吧的钱都没有，最后在一个以前经常吃饭的老板那儿借到了200元钱。这一行混出来的人，除了特别铁的朋友，大部分和当年认识的人都不再有牵连，因为他们最不想被别人知道的过往你都知道。

我回到上海后的生活没有逆袭，也没有惊喜，一如既往地跌跌撞撞。

这个圈子在别人眼里光鲜无比，不熟悉的朋友认为我做编导一年二三十万是低估，而且以为我过着令人向往的灯红酒绿的生活。但他们不知道，有时候录制节目前开会，能从下午2点开到凌晨5点，也有时候我开会时接到电话挂了，短信对方等下打过去，结果回过去往往就是第二天、第三天了。朋友很不高兴，不相信我连打个电话的时间都没有。

当然，这也与我的不学无术有关。我没有本科文凭，只能在编制外生存，即使后来带的实习生都是研究生，薪资待遇也远不能和编制内的编导相比。

父亲说，如果我没有辞去那个工厂的技术员工作，现在月收入可能快一万五了。因为那个厂子还在，那个职位还在，现在那个岗位上的人雷打不动地每月拿一万多，福利待遇各种稳妥。而我今天撑死也就一月七八千，要在上海买房、买车想都不敢想，做任何决定都畏首畏尾、婆婆妈妈。我知道，自己再也不是青浦当年那个心高气傲的少年了。

有人问我，你这30年，有没有后悔的事情?

我说："有一件。那一年，我去了横店。"

对方问："还有吗？"

我说："还有一件。那一年，我离开了横店。"

▶ 筒子楼里的“恶”房东

我从第一眼起就不喜欢他。板着个脸，一副傲气的神情，价钱一分也不肯给我降，而且越说越固执，还凶神恶煞般瞪着我。仿佛除了他，我根本再也租不到一间房子。

没错，他就是我遇到的第一个房东。2010年的秋天，我刚到北京，迫切需要租一间便宜的房间。因为对北京完全不熟悉，我跟着老同学豆子来到了这个人面前。

他姓魏，40岁左右，豆子喊他老魏。老魏“财大气粗”，拥有一处破旧的筒子楼，整个二层小楼都是他多年前建起来的。如今他不工作，靠着给豆子和别人收房租过日子。当然，因为北京横行全世界的房价，他的日子想必是很惬意的，要不然也不会这么横。

豆子和男朋友租住老魏的房子好几年了，一直没有搬，一是因为便宜，二是因为懒。我见到老魏的时候，他整个人得意扬扬，眼睛往上看，一一询问了我的背景、职业，才悠悠地报给我价钱，并说："最后一间了，你的运气不错。"

最先吃惊的是豆子和她男朋友，反问老魏，为什么一样的房间，价格比他们的贵?

老魏眼睛都没眨一下，很自然地说，十一刚涨了价钱，你们是老租客，所以就没忍心涨，新来的当然没这个优惠，如果不信就去门口瞧瞧，刚贴上的通告。

我转身就去门口看了看，通告的语句像煞有介事，一看就是他的风格。豆子和男朋友还在讨价还价，我早就看出来他骨子里的执拗，一脸不悦地交了定金，让他帮忙留下。

但老魏还不安心，第二天就发短信来催促我，说是因为租金便宜，定金又少，如果我跑了，耽误了他生意怎么办，叫我尽快确定下来。我很讨厌他催促鬼似的样子，又怕万一他真的租给别人，我连同学都没得靠了，只好气鼓鼓地租下了他的破房子。看样子，他这种人，我交了定金也是一天都不打算给我留的!

所以，我对他一点儿好印象都没有。

老魏算是个勤快的人，每天6点多起床，打扫自己的二层小楼，拖拖地，到处转转，然后再去菜市溜一圈，买点儿菜回来扔给妻子。自己则上上网、看看电视，看看我们租住的房子给他碰坏没有……我暗想，果然是个闲人！

那时候，他住在楼顶单独设计的房间里，室内一尘不染，跟雇了保洁的一样。我们每天都会在楼道与他打照面，很多人笑着和他打招呼，我则是连客气也不会，有时候见面，噘着嘴视而不见地就过去了。他也不恼，反正我是交了房租的，何况他自己也是一张苦瓜脸。

他的妻子则温顺许多，也很热情，每天笑嘻嘻的，冲着我们咿咿呀呀地比画。

闲人都有一个特点：喜欢没事找事。老魏每天在楼道溜达来溜达去，倒不是要刻意给我们挑刺儿，而是因为一个奇葩爱好——他总喜欢双手背在身后，跟领导一样对我们“视察慰问”。他的筒子楼一共两层半，顶层他住，一楼二楼各有两排，每层楼十来间房，每个租客他都熟悉得很。二三十个租户，姓名、籍贯、工作他都能张口道来，别人回家乡也要跟他打个招呼，芝麻大点儿事他也要关心一下。

我记得，当时我怕他赖账，特意跑去询问能不能在墙上贴画、贴布。老魏想也不想，故作大方地说：“随便你折腾，越好看我越乐意啊！”

我一想也对，不就是个筒子楼嘛，有什么娇贵！于是我就去搞了一堆海报，贴了半屋子，但是依然不能掩盖它的“陋室”本质。买不起挂毯，我又去买了几块好看的布，自己设计着往墙上挂。当时我开着门，他正好路过，自作主张地闯了进来，拿起布跟我探讨怎么挂，也不管我乐不乐意。他拿起我最贵的一块布不屑道："我看你买的这些布啊，也就这一块还能入我眼，其他都质量太差，你眼光不行！"

我被他气得不行，他却仿佛没看见，毫无自知之明地在那儿指指点点，然后转身回到自己房间，又抱来一堆周杰伦、蔡依林的百事可乐海报，拿到我面前，说："你看看你这些海报，没档次，给你，把这些贴上，比你那些好多了！"

我有点儿无语，他却跟立了大功一样，转身得意地走了。

他似乎从来不会讲好听的话。记得刚搬家那天，我风尘仆仆、灰头土脸，他一边凑热闹一边说："哎呀，这个也值得带来！""你看看这电脑脏的，是女生用的吗？！"

我懒得搭理他，兀自收拾东西，他转悠了近20分钟才肯离开，一直在那里自言自语地叨叨，也不觉得尴尬。

我对豆子说讨厌这个恶房东。豆子笑着劝我，其实他就是唠叨、固执、龟毛，人倒不差。豆子讲起他们刚来北京时，找不到工作，有次硬是拖了一个月才交的房租，他也没说什么。如果换成房产中介或是其他房东，拖一天都要罚款、赶人呢！

我有些意外，但立马又忽略了这件事情，这丝毫不能扭转我对他的恶劣印象，自大鬼！

初到北京，我过得并不如意，因为当时一面上学，一面还在广告公司兼职赚生活费，每天忙得半死不活。而且因为之前找房、赶稿，我有两夜没休息，加之水土不服，吃东西偏又坏了肚子。因此，租到房的第一个周末，出门办事的我半路头疼、肚痛、呕吐不止，继而眼睁睁地看着手机停机，进退两难地坐在马路旁。

那个下午，明明半小时可以回家的路程，我走走停停折腾了三小时，去肯德基买杯热牛奶都吐了出来，差点儿以为要死在路上。许久我才找到一个公共电话，打给广告公司说稿子可能做不完，被老板训了一顿。然后我打电话给豆子，叫他们晚饭不要等我。因为我晕车，当时的情况只能坐地铁，直到傍晚才终于能走几步路，勉强回到家。

才北漂了几天，一连串的不顺让我特别委屈。豆子还在加班，手机停机的我跑去朝房东借电话，手里拿着两元钱，说："就打个市话，两分钟。"

他正在打扫卫生，见我脸色不好，赶紧把电话给了我。电话接通，那头豆子刚喂了一句，我便稀里哗啦忍不住哭了，积压已久的情绪都在一刹那爆发出来，也顾不上身后还站着看傻眼的恶房东。

挂完电话，擦干眼泪，给房东钱。他支支吾吾地说一个电话而已，算了算了。我没工夫理他，倔强地扔下钱准备走。他似乎有些慌乱，也许是没见过女孩子哭，叫住我说："我给你煮碗面吧，一天没吃东西怎么能行。"

我一愣，面无表情地说不必。我本来就不喜欢房东，更不需要他这个时候的怜悯，转身腾腾腾地下楼了。

只是那件事之后，他对我的态度莫名地好了许多。第二周有我的包裹寄来，因为只能用他的地址去邮局取，我去向他借身份证。

他手里握着身份证，问我打算怎么去。我说打车，他很不屑地说：“打车？那么远打车去太贵了，不值当啊！”

他想了想，说：“我跟你去吧，坐公交车！”我不同意，告诉他我的包裹是过冬的行李和专业书，有个大大的编织袋，坐公交车我们根本扛不动。但是他死较真儿的脾气犯了，说：“我一个大男人有什么扛不动的，你刚来北京就这么花钱饿死活该！”

最终，我拗不过他，一起坐公交车去了。我心里想着，到时候你见了包裹就该哭了，真是不撞南墙不回头的自大狂！

邮局的人半天才把我的包裹拖出来，一副累得不轻的样子。包裹是个硕大的编织袋，笨重无比，比想象中还重，距离公交站也有一段路途，并不是一出门就能搭到车的。

我看着他，有些看笑话似的说：“怎么样，打车吧？”

我本以为他会颓丧，结果他的表情根本没什么变化，说：“打什么车，打车多贵，我来背就行了，你不要管！”

我一愣，他已经吃力地背上了那个包裹，我要去帮忙，他让我靠边站，不要捣乱。我只好在旁边跟着，生怕他不小心摔倒，或是把包裹扔出去，或者被来往的车撞着。

我看着他笨拙的样子，每走一步自己都有些揪心，几次在路上焦急地说：“算了算了，我去打车！”他却固执地不肯放下包裹，说：“没问题，不要浪费钱，以后可以租好一点儿的房子，不必再住我这破筒子楼啦！”

到这个时候，他还有心思说笑。我苦笑了两下，心里很不好受，曾经对他所有的排斥也都烟消云散。那个巨大的包裹就这样被他一步步地拖到了公交站，高一下低一下的，那个画面我一直忘不掉，心里非常愧疚和难受。

因为，他腿不好。

在公交车上，我很俗气地说：“待会儿请你吃晚饭，好吗？你喜欢吃什么水果，我去给你买点儿？”他坐在前面的位子懒得搭理我，只是挥挥手说：“不必假惺惺地客气，不就是个包裹嘛。”

我很焦急，不知道如何表达心底的不安和愧疚。他却像什么都没发生一样，坚持不肯给我一丝表达感谢的机会。

那个包裹他一直帮我拖回出租屋里，然后和从前一样，趾高气扬地走掉了。

我坐在床边望着那个包裹发呆，心里想着，其实他真的如豆子所说，唠叨、固执、龟毛，人却一点儿也不差。而他之所以那么絮叨，没事找事地跟我们聊天，大概是因为实在太闷了吧。

因为，他那个热情善良，总是冲我们比比画画的妻子，是个哑巴。

那之后，再碰到他时，我开始和他打招呼、开玩笑。遗憾的是，接近年关的时候，我搬离了他的房子——因为他的筒子楼要拆迁了。

这些年里，我又租了几次房子，见过形形色色的房东、中介，越发明白了当初豆子为他辩解的话。这样的房东我再也没有碰到过，没有人允许你拖一个月的房租，没有人和你讨论哪张海报比较漂亮，没有人为你打扫楼道，更没有人固执地跟你坐一个小时公交车去取包裹……

其实我一直明白，自己终究是要离开那栋筒子楼的。遗憾的只是，像他这样一个絮叨固执的自大鬼，再也做不了房东，对于租房人来说，实在是非常非常可惜的事。

▶ 城里来的大学生村官

他有点儿腼腆，大家都喊他小陈。

小陈25岁，青岛人。读书时，同学们都很羡慕他，生长在一个有山有水的海滨城市。大学毕业时，一向稳妥的他却做了个令所有人意外的决定——去外地一个小村庄当大学生村官。

第一个反对的，就是他的女朋友。

女朋友也是青岛人，早就盼望着毕业后同他一起回青岛，像许多甜蜜的小情侣一样，经营自己的小日子，结婚，生子，高兴了还可以一起去看看海，平淡又浪漫。

小陈当然也曾幻想过那样的场景，她是自己的初恋，陪伴自己度过了整个大学时光，两人感情稳定，双方家人满意，只等着他俩回去热热闹闹置办酒席。这种你情我愿、门当户对的初恋可遇不可求，但他偏偏要去当大学生村官。

因此一毕业，他和女朋友的关系就迅速僵化，从前的模范情侣也开始了不断的异地战争。就连母亲也说："青岛多好，你跑到农村去，适应吗？会当村官吗？当地人说话你还不一定能听懂呢！"

其实小陈也很挣扎，但他到了村子的第一天，心里就没有了任何犹豫。村子很美，很安静，湿地上不时有成群的鸟儿飞起，路上遇到的村民都是笑呵呵的，连不认识的人也笑着和他打招呼。

而且，那一天是镇党委书记亲自来接待他们的，高兴地和他们每个人握手，说了许许多多鼓励的话。小陈说，不是随意地走流程，真的感觉每个人都非常诚恳、亲切，领导如此重视他们这些除了热情一无所有的应届大学生，他从心底觉得感动。

散会后被带到宿舍，小陈一下子愣住了。宿舍里的所有东西全是新的，从床、被褥到脸盆、香皂、毛巾、牙具，村子里为这些人买得一应俱全，还生怕招待不周，说条件有限，希望他们凑合一下。

小陈一下子就喜欢上了这个湿地村。

小陈起初被安排跟着村民吃饭。今天到老王家，明天到老李家，有时候他们送过来。轮到哪一家给村官做饭，哪家的伙食一定比平时好。村民很少吃米饭，连馒头都算不上主食，他们吃煎饼、红薯，顿顿有，有时候会特意为了大学生村官蒸馒头。这个村子好像格外能吃辣，小陈时常怀疑自己来到了湖南或者四川。

起初，小陈的工作不忙，只是了解村子的情况，和村民熟络感情，打扫打扫卫生。村民们不认生，聊起天来有一说一。一次，小陈病了，去村诊所挂点滴，和大夫聊了半天，走出门好久才想起来，自己还没有付钱，而对方不但忘了要，还将他送出门老远。

但村民待他们热情，并不等于相信他们的能力。大学生书读得多，会上网，可毕竟不懂种地、卖菜。有时候小陈去给大家讲课，如环境保护、科学种田啦，经常有大叔大爷不耐烦地把他轰出去，种地我可比你小子强多了，别在这儿耽误我工夫！

村民的想法很简单，谁给实惠我听谁的，要上课你给我娃上去。于是，小陈一门心思想折腾出点儿实事来。村子里盛产红椒和紫薯，这两种农作物不但长得好，数量也大，小陈就想能不能从网上把这些东西卖出去，显示一下咱大学生的“威力”。一开始和别人说，大家纷纷笑他不靠谱，网络连个人都见不着，还卖呢！听说骗子特别多，你可别忽悠了！

没有村民搭理小陈，他就自顾自地干起来。怎么从网上卖呢？小陈想来想去没什么头绪，干脆，开个淘宝店吧！于是就去注册了店面，专门卖村子里的农作物，小陈特意拍了些照片放上去，每天上班也在电脑上挂着旺旺。

店铺开张了，问的人有，买的人无。后来好不容易有个顾客兴趣比较大，但聊了半天，人家还是想要通过视频看看实物再决定买不买，说白了，就是不相信。

但是小陈不怕，他又不是骗子，他抱起笔记本电脑直接冲进了蔬菜大棚。

路上有种地的大婶看见他问："小陈啊，你抱着个电脑这是干啥去？"

小陈一脸"奸计得逞"的得意："婶儿，有人想看看咱们的红椒，我给他瞧瞧。"

小陈打开摄像头，对准地里的一片片硕果来了个360度旋转拍摄，又让劳作的大婶冲着摄像头举了半天红椒。大婶一边举一边笑场，但没想到，就这么谈成了第一笔业务。

有了第一笔，后面的生意慢慢驾轻就熟，有老客户干脆开着大卡车来村子里找他。村民们赚了钱，终于开始对小陈这个大学生村官"刮目相看"了。

但让小陈更苦恼的事情也来了。女朋友忍了又忍，终于爆发，提出了分手，态度之坚决令小陈当晚就失眠了。

事实上，因为小陈来当村官，女朋友已经闹了多次分手，但是因为两个人感情好，女孩心软，每次都被小陈"安抚"住了。只是这一次，女孩说什么也要分。她不明白，为什么小陈会愿意把那样一个穷乡僻壤夸成人间天堂。

小陈和女友通了一晚上电话。女朋友哭了，说："你别说了，我决定了。"小陈也差点儿哭了。他望着窗外宁静的村子无助地说："那好，如果你真的打算分手，你能过来看一眼这个村子吗？看完如果你还是坚持分手，我什么话也不说了。"

第二天，小陈一整天木木呆呆、无精打采的，四年的感情就要付诸东流，难过之余，他觉得很对不起女朋友。虽然读书时的山盟海誓在很多人看来注定会成为过眼云烟，但小陈一直想要努力把那些话一句句地变为现实。

村长看见小陈愁眉苦脸的，很是奇怪，问他这是咋啦，平常可是有说有笑的精神小伙子！

小陈哭丧着脸说："村长，我女朋友周日要来咱村了。"

村长一拍大腿，说："好事啊！来了我亲自招待她！"

小陈继续说："但她是来和我分手的——她不同意我在这儿当村官。村长，她来了您可得好好说说，我这一辈子的幸福，就握在您手里了！"

村长看着小陈半哭不哭的样子，笑着说："没问题！来了咱村的就没有不喜欢这儿的！她分不了手，你放心吧！再说要是万一分了手，咱村的漂亮姑娘有的是，你随便挑！"

小陈心里踏实了许多，可还是忐忑不安。

周日很快就到了，女朋友非常隆重地进了村。之所以说隆重，是因为村长没有食言，不但亲自接待，而且还带了一帮男女老少来迎接。村子里人朴实，但并不呆板，看见小陈和女朋友进了村，村长大老远就喊："哎呀，这是谁家的姑娘，长得这么俊呀！"

小陈扑哧就乐了。村子里规矩少，就连领导来了，也不会刻意准备什么吃的。但是为了迎接小陈女朋友，村长带着村民准备了一桌子瓜果桃梨，还跟开表彰大会似的当着他女朋友的面把小陈从头到尾热烈表扬了一番。村长发言，村民在一旁赞同做证。

小陈的女朋友脸上渐渐有了笑意。女朋友来了两天，村民们热热闹闹地陪了两天。村长让小陈带着姑娘随便转，大门全开，看中了地里的什么直接说一声。

小陈的女朋友一面感动，一面挣扎，临走前对小陈说："我终于明白你为什么不愿意走了。农村我去过，但这样的农村和村民，我也是第一次见。你踏踏实实地干完，我等你。"

回到青岛后没多久，小陈就和女友结婚了。婚礼很简单，小陈很快又回到了村子。

但是，小陈说完结婚，脸上并没有我想象中那得意、幸福的模样。

他有些愧疚地低着头，觉得自己很对不起妻子。两年了，从新婚到现在，两个人一直异地分居。小陈是家里的独生子，母亲年纪大了，身体不太好，一直是妻子在照顾，家里的各种活儿，连换灯泡、修家电都是妻子一个人做。而且每隔一段时间，妻子都是一个人坐火车转汽车来见他。后来妻子怀孕，自己也没能陪在她身边照顾她。现在小宝宝出生了，那么小的婴儿，却已经开始坐上火车，被妈妈抱着来看望爸爸了。

小陈心里很酸。他很想回到家里，可是又舍不得这些村民。这个村子就像是老人们曾经说过的那样：大晚上睡觉，都不用关大门。

大学生村官是有服务期的，小陈眼看着一天天接近自己回家的日子，又欢喜，又沮丧。但是他说，无论自己将来在哪里、做什么，可以确定的是，来到这个村子当村官，是自己这辈子做得最好的决定。

他说：“从进这个村的第一天就知道，自己比许多刚毕业的大学生都幸运、都幸福。”

▶ 差等生的峰回路转

九岁之前，我在农村。

那时候的性格与现在截然不同：抄作业，爬墙爬树，跟男生打架，玩到深夜才溜回家。父亲一直在城里打工，母亲独自在乡下带着我和哥哥。田里的那块地快要荒了，所以只要没有惹下大祸，她就腾不出工夫管我们，我有足够的时间自由玩闹。

令我得意的是，我虽然贪玩，成绩却是相当不差，每次考试都当仁不让地排在前面。而且不知道为什么，班主任格外喜欢我。

班主任姓秦，教语文，短发，微胖，是城里来的女老师，说话声音很好听。

小学二年级，有一次课间，我忽然流鼻血，不知所措。有个同学大喊，快找老师去！我和同学一听，想也不想就真的去找老师了。在去的路上，身边走过两个高年级的同学，不屑地随口说："找老师有什么用，难道让老师帮你洗吗？！"

我也愣住了。对啊，找老师有用吗？

这时候秦老师已经找来了，她二话不说，把我领到水龙头前，叫我举起另一只胳膊，开始帮我洗鼻血。那时候，我第一次隐隐感觉到，老师和老师是不一样的。

秦老师虽然在农村教书，但她觉得农村的孩子不能什么都不知道，于是不时地给我们讲些有意思的见闻，还带着城里的女儿来教我们跳舞。

因此，我九岁之前的童年，可以用无忧无虑来形容，反正没什么痛苦的记忆。但之后的小生活一路颠簸，脑海里连"不幸"的细节都清清楚楚，这大概就是开始"记仇"了吧。

九岁那年，全家要随父亲迁到城里。我要转学了。

知道我要走，秦老师似乎很难过。那时候有一些感情我还不能够完全体会，之前奶奶去世，自己也是迷迷糊糊的，还笑着招呼在门口看热闹的同学。现在想起来，心底很是悲伤。最偏袒我的奶奶永远不会再把柿子藏起来留给我了，我还傻乎乎地站在院子里冲别人可耻地笑。

转学前几天，秦老师特意到家里来看我，说了什么话我都忘记了，当时只是在想，老师怎么跑到我家里来了？

父亲知道秦老师对我好，转学当天，骑着自行车带着我回学校同她告别。秦老师一直送我到学校门口，临走，还抱了我。我一直怀疑自己记忆有误差，因为我记得，秦老师居然哭了。

我当时并不能够明白，我转学，我没有哭，可是秦老师哭了，还抱了我。农村里是没有临别拥抱这一说的，因此那个拥抱，我当时还不太适应，甚至没说出一句有点儿煽情的话，就那么木木呆呆地被她抱完了，然后愣愣地坐上了父亲的自行车，看着秦老师越来越远，最终变成了一个小圆点。

转学之后的生活算是跌宕起伏。我所在的城市虽然不大，但是极其重视素质教育。音乐、书法、美术、舞蹈都非常正规，我非常自卑地记得，小学三年级的同班同学，看着五线谱可以唱出歌来。后来音乐课上老师放给我们听的，似乎也是《蓝色多瑙河》《胡桃夹子》这样一些世界经典作品，叫我们闭上眼睛感受。但在我转学之前，音乐课就是秦老师教我们唱歌，《粉刷匠》《劳动最光荣》……五线谱简谱是什么，它认识我，我不认识它。

当然，在音乐上的自卑是后面的事情。转学第一天，语文老师批评了我。当时要写作文，我似乎没听清楚，写错了。

老师用满是粉笔的手用力点着我的脑袋说："你这脑子刚才干什么去了，给狗吃了吗，现在还挂着脑袋干吗！"

我当时就受不了了。听错了就骂我听错了好了，为什么这个老师非要骂我脑袋给狗吃了呢，而且，真的戳得好疼啊！我头发上印了许多粉笔的印迹，我强忍着，走回自己的课桌，才偷偷哭起来。秦老师不批评人，就算生气，也不会打比方骂人。或许因为自己之前太顺利，所以太娇气，被这么一骂，从此厌倦了语文课。

转学没两天，数学老师也批评了我。数学老师是班主任，南方人，说话我听不太懂，而且我转学之前还没有学到珠算，他们已经学完了。所以转学之后立马到来的数学考试，我考得一塌糊涂，我记得好像是29名，或者39名？数学老师骂我："学习不行就说不行，还说什么之前学习好，还是三好学生，狗屁三好学生！"

那是转学的时候父亲对老师说的，希望能给他们留下好印象。但是，第一次考试结束，我因为这些话被骂得很惨，所有同学似乎都在看我，仿佛在说，这个农村来的小骗子！

可是，我之前的确是三好学生啊！我考第一的啊！

不久后的家长会，班主任对父亲说："你做好准备，虽然她之前可能学习不错，但你们村子里的教学水平实在太差了！三好学生这种事情，她在这儿就没什么希望了。"

父亲非常沮丧，很多年后才敢告诉我这些话。

我那时不知道，否则可能连学数学的动力也没了。三年级的题目并不难，我因为讨厌她骂我"狗屁三好学生"，发狠补了一下数学，很快提了上去。再次考完试，我的成绩排名还不错。数学老师又说："不愧是三好学生啊！一下子就赶上来了！"

我当时心底非常不屑，做人怎么可以这样说话呢！好歹也对之前的话负一下责好不好？这么快就转变立场，打起仗来应该很容易投降吧。

因此，我不喜欢这个新学校。虽然这个学校的好多玩意儿我都没见过，孩子们花花绿绿的衣服闪亮了我的眼睛，但我在心底郑重地宣布：我，非常不喜欢这里！那时我在大家眼里是小村姑一个，不懂打扮，穿衣土气，第一次做眼保健操就被检查出来指甲不够干净，差点儿给班级扣分，而且当时我水土不服急火攻心嘴角长泡，因此也没什么同学乐意与我玩。同学、老师都不待见我，我也不爱学习，个子矮矮的却被分在最后一排，连性格都变得沉默起来。三好学生这样的字眼从此彻底与我绝缘了。我只想做个被忽略的人，只要不被老师随时拎起来就行。因此成绩始终不上不下的，徘徊在二三十名。

我以为自己大好的灿烂人生从此就这么黯淡无光了，没想到还有峰回路转的一天。

转学前，秦老师曾经叮嘱我，去了新学校要经常给她写信，对她说说近况。我还算听话，写了不少信给秦老师。后来听同学说秦老师经常当着全班同学的面念我写的信。我有一点儿不高兴，干吗读给他们听。

每次回老家，我有空就会回母校转转。有一次回去，赶上秦老师在上音乐课。她看见我后一下子就把我拉到教室里，让我教大家唱歌，还坚持要我指挥。我之前哪里有这种待遇，虽然学了不少歌，但在音乐上小自卑的我瞬间成了指挥和教导，一下子傻了，一首歌也想不起来，最后十分不开眼地唱了一首校歌。这真是一个傻到可以去跳河的举动，我的老同学们居然还认认真真地跟着我唱。秦老师听出是校歌，也没有因我的犯二举动生气，只是让我把学校名称换了一下接着唱。

终于下课了。秦老师把我拉到教室外的长凳上，微风里，她一一详细过问我的情况。前面说的什么我都忘了，只记得她后来问："在新学校成绩怎么样，肯定很棒吧！我就知道你到哪里都差不了，是不是前三名？"

秦老师问得那么自信，仿佛根本没想到还有"不是"这一说。我也傻了眼，觉得辜负了她的厚望，不好意思地摇摇头。她又笑着猜："前五名？"我又不好意思地摇摇头。她愣了一下，依然笑着说："前十名？"

天啊，还是给个墙让我撞过去吧。我怎么可以再摇头呢？于是，我很卑鄙地点了点头。

真是卑鄙极了。九岁的自己心里难过得要死，我撒谎了。但是秦老师似乎还不是太满意，很认真地帮我分析："可能是刚转学还不太适应，所以才只考了前十名。以你的能力，在哪里都可以到前五名的。回去继续加油！"

我点了点头。那一天，我非常狼狈地离开了学校，一路上满脑子都是对秦老师撒的谎。

其实，我是非常受宠若惊的。以前被宠爱时没有比较，不知道珍惜。后来被骂习惯了，一旦夸起来，没有兴奋，只是火辣辣的，觉得好对不起秦老师。

大概小孩子是非常容易分清谁是真正对你好的。这么好的秦老师，我不想骗她。撒了一个谎，回城后一周心里不踏实，不开心，气自己。想来想去，觉得只有把谎话给落实了，良心才过得去。因此，回城不久后我暗下决心：向前十名迈进！

于是就猛学了一阵。具体怎么学的也忘了，只记得期末考试，我很骄傲地考了第六名！第六名哎！这之前，咱可是20名都进不去的“差同学”！

此举震惊了全班师生，老师和同学都傻眼了。我很开心。也不该说是开心，是终于有点儿安心。秦老师，我之前对你，就不算撒谎了吧！

那之后，也没什么特别的，成绩上去了，居然也没有再下来。因为我很担心，担心万一下次没考好，又要被骂狗屁三好学生。我实在不爱听，而且我也担心他们怀疑我是抄的，更担心会对秦老师再次良心不安。

所以，那之后一直因为害怕落后而认真学习，成绩居然渐渐稳定了，徘徊在三四五六名。小学毕业的时候，又领到了一个“三好学生”的证书。

遗憾的是，后来我回家乡的次数越来越少，学校也拆了，移了。秦老师后来退休了。我再也不知道往哪里寄信了。

她不会看到这个故事。

可是小时候我欠着她的感情，终于在长大后补了回来。很多年后，我依然记得她在水龙头前帮我洗鼻血的样子、她来我家看我的样子、她在学校门口抱我的样子、她在长凳上问我第几名的样子。

年少的记忆并不多，秦老师是最留恋的一章。

你只负责精彩
老天自有安排

(II)

You just please

focus on working wonders,

and God will arrange

anything else.

第二辑　现在的你还好吗

▶ 十年的约定

每年的高考季来临，我都会想起当年我和同学的一个约定。

2013年，距离我高考完正好十年，是我们约定见面的日子。我却不知道，当初和我约定的她现在在哪里。

她是我高考复读那一年认识的，我们做了一年的同桌。2013年高考前夕，我每天都在想她的名字。一向自诩记忆力不错的自己，不知为什么脑子像暂时性失忆一样，怎么也想不起她的名字，只记得她的名字里有一个“萍”字。

高中时她是个默默无闻的女生，胖乎乎的，留着一头齐耳短发，浓眉大眼，脸上不论春夏秋冬都红扑扑的。她还很爱笑，但性格绝对是很内敛的那种，不爱说话，一年到头听不见她在班里大声说过一句话，我不知道她是本来如此还是复读压力太大压抑自己。我和她一点儿也不像，虽说我也不怎么爱说话，但性格里绝对有让人不敢忽视的东西。老同学即使和我不熟悉，也一定会对我印象深刻。

记得高一升高二后文理分科，我和当时的一位男同桌大打出手。起初是因为一点儿鸡毛蒜皮的小纠纷，后来他先骂出了脏话，这下直接惹急了我。我把他的桌子掀翻，板凳砸在地上，脸红脖子粗地朝他大吼，把全班同学都吓呆了。但这还不够，我又颠儿颠儿地跑到班主任那里告了他一状，结果他又挨了一通批，当时气了个半死。

后来分班完毕，我学文，男生学理。按理说坐在新教室里我应该消停了，但我没有，我在一个人人都困得人仰马翻的午休时刻悄悄潜伏到他的教室，把他新发的数理化教科书分不同的章目都撕去了几页。下手时，我都能想象到他这一学期的不同阶段都会气愤到七窍生烟的样子，心里那个快意恩仇。我不知道他是否知道那是我的所为，或许，他也很难想象我会从隔壁班跑去搞这么一出吧。之后的两年，我们去食堂、去打水总会不期而遇。起初他对我不理不睬，但后来不知道是不是自己想通了，决定让这件不愉快过去，每次见面都要和我主动说话，但那时我很犟，基本上都是回敬人家一个白眼。现在想想，真是不应该。

因为数学成绩实在太差，我自然也不喜欢复读班那位教数学同时又是班主任的老师。所以在上大学的第一个冬天，我思索良久，下定决心用手机给他发一条宣泄的短信：自以为是的、扬扬自得的、觉得自己是一枝花、人见人夸的帅哥，其实你是只大青蛙。我祝愿你们班同学明年高考全军覆灭。过了良久，他回我一条：你是谁？浑蛋玩意儿！这边的我举着手机让我的一位密友看了短信，手舞足蹈地哈哈大笑。

看吧，我当年是不是就一小人德行呢？谁让那会儿自己年轻气盛呢！

再回到我的同桌小姑娘。记得那时她总爱背一个农村大娘用的旧包袱，每月返校背些咸菜之类的腌制品，几乎每天中午都会吃馒头就咸菜，直到咸菜瓶见底才舍得去买份菜来吃，但那也差不多是每个月的中旬了。当时年少，我对她总吃馒头的举动很不理解，甚至很生气地问她你天天馒头咸菜、咸菜馒头的，烦不烦？她总会对我粲然一笑不作答。

而我的母亲就这点好，虽然在精神上对我很苛刻，但在物质上从不短我。要求我每天中午必须吃菜，早上必须喝汤，不吃或只能偶尔吃点儿咸菜。

后来她才对我说，她家很穷，父亲在建筑队干活很累，母亲在家种地。她有一个姐姐在一所重点大学读书要花钱。同宿舍的同学都比她姐过得好，姐姐也很勤奋，刚上大学就去外面找兼职做家教。后来有一次她对我说，姐姐宿舍的同学看她特别穷，得知有个妹妹还在复读，全宿舍的人给她捐钱了。我现在还记得她当时说话的神情，既兴奋，又有点儿委屈。

同桌是个老实巴交的女生。记得大约是5月，高考前夕，非典来临，弄得人心惶惶，我的心也浮躁起来。她拿来一本姐姐给她的《三毛全集》，我得知后，借来一发不可收拾地看起来，要知道，这可是箭在弦上的工夫。她给我撂下一句话："你不要再看了，高考完我给你这本书都行。你现在这样，到时考不好，别怨我拿来的这本书耽误了你。"我气鼓鼓地将书扔回了她的桌洞，整整一天没有搭理她。

高考前两天，我们吃饭的时候闲聊，憧憬着考试完要如何尽兴地玩、怎样大睡不起，上大学后怎么去疯、做个真真正正的自己。最后她郑重地说："咱们来个约定吧，十年后的6月9号我们见面！"我则痛快地答，好嘞！她说到时候我们一定要用上手机、开上车，带着老公孩子一起来。我说："手机、车是肯定的，但孩子有没有说不准。"她也说："行，不管怎样，我们就在学校门口集合，谁不到也要跟门卫说一声。"

就这样，在那个仲夏的傍晚，吃饭的空当，我们定下了十年的约定。

十年弹指一挥间。这十年间我们失去了联系，去了不同的城市和学校，各自忙着在新的校园里挥洒青春。我们彼此都没有刻意去寻找对方的联系方式。记得高考完那个暑假，我往她家打过一次电话，是她一位叔叔接的，由于联系不便，我再也没有给她打过电话。

只是，每年的高考季，我都会在心里咯噔一下：离我们约定的十年又过了一年。此外，再也没有其他情愫。直到2013年初夏，我满满地算着：十年走完了，你在哪里呢？

我不知道，每年高考的日子，她是否也会想起过我们的约定。还是在生活的忙碌里，早已将年少的话抛之脑后？

如今，我早已离开了当年读书、成长的那座城市，而我们的学校也已经搬迁。2013年的6月9日我没有回去，虽然那些天，脑海里总是徘徊着那个姑娘的模样。

我不知道她现在在哪里，过得好不好，有没有像当初说的那样，有了手机、车子和孩子，但是我希望她有。我也很想对她说一声：你还好吗？谢谢当年路上遇到了你，带给了我一份远去的纯真记忆。

▶ 卸下光环的漂亮妈妈

刚进报社的时候，我一眼就记住了她。我是个一度患有“恐老症”的人，总觉得女人一过30就完蛋。但直到遇见她，才有一点儿相信了那句话：老去或许也并不是那么可怕。如果，能老得像她一样优雅动人的话。

她是报社的大BOSS（老板），即将奔50。见惯了平常不怒而威、凶巴巴的领导，她这每天春光无限、“回眸一笑百媚生”的架势，还真有几分不适应。

忍不住好奇，小道消息打听了一下，果不其然，她的成长史一路顺风顺水。公务员家庭，虽然算不上大富大贵，但也从小衣食无忧。读书的时候当仁不让地做了一路班花，是所有女生羡慕嫉妒恨的对象。到了我们单位，成了无可争议的传媒一枝花，加之工作出色，待人爽直，走起路来神采奕奕的模样，仿佛头上有顶“女王”的光环在闪耀。

我忍不住对同事感慨：“果然做女人投胎才是技术活，下辈子就奔这个目标去转世了！”

没想到，同事白了我一眼，说：“先听我说完，高潮在后头!”

像她这种女子，年轻时追求者自然跟花园里的鲜花似的一抓一大把，而且不乏高干子弟。果然，她最终不负众望，嫁到了一个标准的大干部家庭。对于我们这等小屁民来说，他老公的爹简直就是身边喘气儿的里面职位最高的大官了，有钱有权，郎才女貌，为我们书写了一个活生生的当代童话范本。

那场婚礼在当时颇为轰动，她本来就是惹人注意的焦点，加之男方家大业大，大家纷纷八卦说她“嫁入豪门”，一场婚礼想低调都难。她也是一脸幸福，笑得倾倒报社众男生。虽然身边的同事大都没亲眼见过那场热闹炫目的婚礼，但谁说起来都像是给“幸福”“美满”下定义似的，她就是无可挑剔的好命例子。

但没想到的是，这个故事里，还有个破折号。

很多俏媳妇的故事里，都有一个恶婆婆。她也没有幸免。

婚后没多久，她怀孕了。

本该是莫大的喜事，但婆婆却直接抛出话来，说如果生的是儿子，什么都有；生的是女儿，什么都没有。

她听完当下就愣住了，半天才缓过神来。但虽然难过，她并没有把婆婆的话太当真，毕竟这个年代不流行重男轻女了。何况，说不定自己生的就是大胖小子呢！

没想到的是，她竟真的生了个女儿。

她的生活从此应了婆婆的话，一落千丈。婆婆总是有意无意地嫌弃、刁难她，待她越来越差。小孩子每天哭哭啼啼，婆婆看不顺眼，她心情也不好，日复一日，跟老公的关系也渐渐出现了隔阂。不知是婆婆说动了老公，还是两个人的感情真的越来越淡，总之，她越来越感受不到正常家庭的温情，迎来的时常是一张张冷漠的脸。她自己还可以假装无视，可是每次看着那么小、那么漂亮的女儿不受待见，心像是被针扎了一样。

她知道，对方早就希望离婚了。

他老公还有个弟弟，弟媳也生了个女儿，待遇却与她截然不同。因为弟媳妇家里也是“有背景的”，跟他们家可谓门当户对，自己却只是个灰姑娘，现在同样生了女儿，婆婆只能拿自己出气。

在这之前的人生里，她从来没想过有一天自己会和“离婚”扯上关系，并且还是因为这么荒唐的缘由。何况，孩子还小，即使婆婆再重男轻女，女儿也是这家的血脉，生得又甜美水灵，难道会舍得赶出门？但是，日子一天天过去，没有任何好转，她一咬牙，接受了离婚。

她并不喜欢从小到大被当作“焦点”的感觉，默默无闻的人总是觉得被人遗忘很委屈，可是对于相貌出众的她，有时候，言论的力量更是可怕。她做传媒，一直都懂。

那些日子，所有身边的人都在悄无声息地传着一个八卦：她被豪门踢出来了，一个人带着女儿，住在单位的房子里。

这些话，就算大家再如何在身后悄悄议论，并且在她面前表现得一如从前，她也能感受到那些异样的眼神。她极力让自己看起来和从前一样，依旧笑呵呵的，不肯向任何人诉苦。反而是同事们有些尴尬，大概是觉得她可怜吧。女神一样的女子，众人仰慕的对象，刚生了孩子，正该是被老公亲人分外体贴的时候，却落得个孤儿寡母的境地。

而且，她偏偏谋职于媒体，这注定了她根本没办法逃开那个家庭的影子。公公是市里的领导，前夫也是某局领导，都是活跃在报纸上的人物。她每天看着前夫和公公的报道，今天出席什么什么，明天剪彩什么什么，工作时要一遍遍检查审核这些消息。因此，走出"豪门"之后的每一天，她依然被迫时刻与"那个家庭"打交道。就算她想忘记，都仿佛有人在不断提醒她对方的存在。

她当然可以辞职，眼不见心不烦，但是，稳定的家庭没了，再扔掉稳定的工作，谁来给宝宝一个稳定的生活？她落魄背后的强大，才是真正令同事吃惊的地方。

大家最初都以为她这下子完了，先苦后甜容易，像她这种先甜后苦，怕是撑不了多久。但是，她却没有像大家想象中那样一蹶不振、萎靡颓废，或者辞职啦、剪头发啦；相反，她比从前工作更卖命了，有人私下里说，她没准儿受了刺激。

也有人猜，这或许就是一个女人和一位母亲的不同吧。因为那个漂亮女儿的存在，她第一时间考虑的不再是自己，当她想哭的时候，还有一张嘴在等着她喂饭；当她想放弃的时候，还有一双无辜的眼睛在望着她。所以，是有人逼着她坚强。她后来曾在无意中说，其实真不觉得离婚了，就有什么理由消极颓废。生活在完全自己做主的时候，才更没有理由过不好。没有了大房子，没有了昂贵的家具，但是也没有了不屑的眼神、恶意的嘲讽。她觉得，自己还可以过得更好一点儿。

看着她啃着面包加班，很多人都觉得恍惚，如此大的落差，也不过短短半年时间。有时候，她给我们看她女儿的照片，长得很像她，非常漂亮。听见大家由衷的称赞，她也笑得很美。

后来她前夫又娶了一个家庭、工作都很体面的女孩，终于生了个儿子，但那些都已经与她无关了。

看得出，她对自己的女儿，非常满足，非常爱。

她一直没有再婚，一个人带着女儿，女儿想去看动物，她就带着女儿去动物园；女儿想学画画，她就买画笔、颜料。她自己也喜欢上了书法和绘画，经常和女儿静静地一起作画。有时候大家看着那样的她，又忽然觉得，现在的她才更幸福。

夏天的时候，她的女儿刚刚考上了大学，她请同事们吃饭喝酒，一脸满足。女儿也已出落得亭亭玉立，见过的同事都说，不当演员可惜了啊。

她已经接近50，看上去却不过40左右的样子，已然是市里小有名气的艺术家，书法、绘画样样在行，整个人的气质，竟也越来越好。年轻的时候，她是漂亮；而现在她的美，是不能简单用一两个词形容的。

有很多次，我看见她笑，依然会小小地出神，能够想象得出，她年轻时一定是一笑倾城的美女。但很难想象得出，这个美丽的女人曾经历了那么大的变故。

她脸上有两个酒窝，笑起来阳光灿烂，就好像什么都不曾经历、不谙世事的女孩子。

▶ 马姑娘与张公子

读大学时我在校报社，经常写点儿小文章。当时校报每期都看，有一个作者的名字最是记忆深刻，因为她写得一手好文章，字字句句都讨人喜欢。

她就是马姑娘，也是校报社的，后来被我特意勾搭来做朋友。

读书时，我有些不穿的衣服，马姑娘偶尔拿去寄给家乡的妹妹。我有些不好意思送，她却毫不介意，笑嘻嘻地跟我讲：“那件小棉服，妹妹喜欢得不得了，一直穿呢！”

马姑娘有个男朋友，高高瘦瘦，从我认识她时他们就在一起了，马姑娘喊他“张公子”。

校报社的老师都非常喜欢马姑娘，但不喜欢张公子，而且是不讲道理地不喜欢，简单粗暴地总结说：“不行！”“配不上！”有位女老师总爱对马姑娘说张公子坏话，一心要拆散他俩，再介绍更好的男生给马姑娘，但马姑娘每次都嘻嘻哈哈地替张公子辩护。

马姑娘生在冬天，有一次她过生日，喊我去他们租的房子吃饭。张公子买了鲜花，买了蛋糕，做了一锅好吃的。马姑娘切蛋糕，中途不小心滑了一下，差点儿摔倒。我切切实实地看到，张公子的眼神瞬间无比恐慌，大步上前一把拽住了即将滑倒的马姑娘。马姑娘愣了愣，然后继续笑得没心没肺，反手将蛋糕一把抹在张公子脸上。

虽然张公子只是个小小的眼神，我却很有些吃惊。因为那种眼神，我只在有一次自己差点儿烫伤，从父亲的眼睛里看到过。

好像从那个时候起，我就非常羡慕马姑娘了，觉得她和张公子特别般配。

毕业后，马姑娘跟随张公子去了上海。两个人各自找了工作，工资不高，在闵行租了间小小的房子，房间被马姑娘收拾得一尘不染。马姑娘和张公子的工作都不稳定，有时要派去出长差，有时要调动到外地，他们不想异地，于是轮流辞职。这次是马姑娘辞职，下次是张公子辞职，然后重新找工作。

只要不分开，便万事大吉。

马姑娘不喜欢跟人联系，亲戚朋友也不，手机总是关机，QQ一直隐身，也不爱接电话，只愿意与张公子黏在一起。大家经常找不到她，就连马姑娘的大姐打电话，也要打到张公子那里，再转给她。

张公子给马姑娘买了睡裙，以马姑娘的明眼一看就知道买贵了，但她不告诉张公子，偷偷对我说："我老公那个笨蛋……"转眼又对睡裙喜欢得不得了。马姑娘看到一部好电影，就必定叫张公子也看。张公子不看，马姑娘就把电脑打开，电影下载好，然后从外面锁上门，自己出去买菜，逼迫他看。

马姑娘第一次去张公子家，未来的婆婆看见她，悄悄把儿子拉到一边，说："她好像没有一米六吧？"张公子当即反驳说："电线杆子倒是高，我能给你娶回来当儿媳妇吗？！"

马姑娘迷恋诗词，爱听戏唱曲，一背起诗词来就不接地气地神采飞扬。爱唱歌的人炒菜也唱歌，洗澡也唱歌。马姑娘则炒菜也背诗，洗澡也背诗。但是，不要以为马姑娘是林妹妹的类型，她曾经得意地大笑着告诉我："老娘的愿望就是将来做个包租婆，双手掐腰颐指气使，骂起人来伶牙俐齿一口气噎死对方。"

我很爱这样的马姑娘。

当然，张公子更爱。马姑娘喜欢看书，张公子就喜欢看书；马姑娘喜欢吟诗，张公子就喜欢吟诗；马姑娘开心，张公子就陪她开心；马姑娘不开心，张公子就逗她开心。张公子曾经笑嘻嘻地说："我听别人说话时串上诗词，总觉得酸溜溜的，特别矫情，怎么一从老婆嘴里说出来，就那么自然动听了呢！"

这话也矫情，但是我听得自然动听。

马姑娘上班早，每次离家前张公子都还在睡觉，却必定迷迷糊糊地说："今天冷，多穿衣服。""今天下雨，带伞。"因此，马姑娘一直对温度没什么概念，也从不看天气预报。马姑娘有次喊张公子下班顺路帮她买卫生棉，张公子去超市，恰好遇到两个女同事也来买，闻说张公子买给女友，大赞体贴，并热情介绍说"苏菲"好。于是张公子就认定了，每次都买这个牌子。

张公子对马姑娘很大方，对别人很小气，有谁说马姑娘一个"不"字，他就要跟人家记仇。

这般恩爱的马姑娘和张公子，即使我认识至今从未曾阔绰，依然幸福过许多人。但是，两个人小心呵护的这番美好，还是被抽去了一段时间。

当然不是外遇、出轨、小三，但是也很严重。因为，不爱与人接触的马姑娘、喜欢读诗听戏的马姑娘、被张公子宠爱无边的马姑娘，忽然之间疯了。

那是最黯淡的日子，所有人都手足无措，张公子片刻不离地守护在身边。

马姑娘在大街上歇斯底里地大喊大叫，张公子紧紧拉着她的手，看着她一会儿泪流满面，一会儿无端狂笑，一会儿打出出家人的手势一遍遍地念阿弥陀佛，不停地说自己是上帝，指着花朵和小狗说只有它们的灵魂是清凉干净的……

亲人很快到了上海，紧紧抱住嘶喊的马姑娘落下泪来。他们一起去精神病院、去超市、去马姑娘的公司、去挤拥挤的地铁……马姑娘一会儿狂躁一会儿安静。父亲带她回了老家治疗。

住院、打针、吃药，连医生也不知道她什么时候能恢复，又或者，能不能恢复。

但是这个时候，张公子却做了一个决定：他要娶马姑娘，现在就要和她结婚，就像是很害怕忽然有谁会把马姑娘夺走似的。张公子对身边人迫切地说，他坚信她一定会好。

一向了解儿子的婆婆，是个内心善良的女人，坦然接受了她唯一的儿子此时要娶一个精神失常的女孩子这一现实。

马姑娘穿了婚纱同张公子照婚纱照，相片上她大笑，那笑容却有些怪异。带病的马姑娘糊里糊涂，或许根本没弄清楚是怎么回事，就嫁给了这辈子最爱的人。

过完年，马姑娘坚持跟张公子回了上海，就算头脑不清醒、不正常，她也知道，只有跟张公子在一起才踏实安全。到上海后给婆婆打电话报平安，婆婆在家哭，说马姑娘走了之后就一直难受。马姑娘不工作，每天在家看电视、睡觉、闲逛，心情极度悲观抑郁，一遍遍地问张公子："你说过会永远在一起的，是吧？"

张公子每天下班后陪马姑娘说话，把办公室各种好笑的事说给她听，夸她漂亮，夸她的各种优点。张公子每次都耐心地听马姑娘倾诉，告诉她他们会一辈子在一起，生活也一定会越来越好。

其实，张公子从前是急性子，说话爱着急、翻脸，只是那段灰暗的时光，他努力克制住自己的性子，相信马姑娘会真的好起来。也是真正好起来之后，张公子才敢告诉马姑娘，其实背地里他一个人痛哭了好几次。他不明白，活泼伶俐的老婆怎么会变成这样。

马姑娘的家人、婆婆、老公都对她表现出极度的耐心，终于令她一天天思维平稳下来，加之药物维持，慢慢好转，找了工作。只是不工作时思维经常空白，所以总是安静不说话。

那段时间天天都有家人给马姑娘打电话，后来家人见她越来越正常，电话打得越来越少。马姑娘自己却悄悄改变着，开始经常给家人打电话。

马姑娘终于好了起来，想起那段时光，泪流满面，觉得委屈了张公子。大病痊愈后的马姑娘，依然喜爱读诗听戏，却不再孤立地活在自己的世界里。她试着主动联系从前的朋友，诉说近来读的好书、收获的道理。她开始让自己不再看别人的缺点，而是去欣赏优点。她说，要做一个有缺点的俗人，亲近这个世界。

我也很爱这样的马姑娘。

春天的时候，马姑娘在计划外怀孕了。刚开始很烦恼矛盾，不知道要不要这个小孩。因为药物还没有停，害怕孩子有问题。医生反复跟她说，后期用的药都是B类药，对孩子没有影响，娘家、婆家都支持要这个孩子，老公也很强烈地想要这个孩子。

就这样惶恐又矛盾地决定生下这个孩子。开始的时候他们时常担心，日日祈求健康平安。终于，一个可爱的小生命来到了他们家中。

马姑娘的婆婆一直待她很好，为马姑娘炖鸡、炖排骨，带她买衣服，给宝宝洗尿布，给张公子发信息说马姑娘是个好孩子，要好好待她。

马姑娘写空间日记，都是些与张公子的琐碎片段，于我看来却很是动人：

一天，老公跟我说：“我真是捡了一个大宝贝，我看老婆哪里都好，漂亮，有内涵，讨公婆喜欢，唯一的不好就是有点儿懒、不会照顾人、生气时死倔……”

我立马喝止：“你到底是夸我，还是借机发牢骚！”他讪讪地笑起来：“我本来是想夸你的。”

下班，张公子给我买了个西瓜大小的柚子，一问价格，花了17块多，我就念叨他：“干吗买这么大、这么好的？”张公子：“老婆值得吃最好的。”

马姑娘说：“并没有人觉得我嫁得好，但是我心里无限稳妥，什么风花雪月、阳春白雪……我只想跟张公子朝夕相守，一天又一天，过日子，平淡、清欢、细水长流。我不要了却尘缘，不要放下，不要不动心不起念，只求百年相守。如果还能有更多，就请菩萨在轮回路上再让我们遇见。”

▶ 双城蹭课记

高考结束后，我到天津学习动画专业。大二的暑假，整个人百无聊赖，感觉什么都不会，仿佛浑浑噩噩地过了两年，恋爱也谈了也散了，游戏也玩了也觉得没劲了，觉也睡够了，跟同学打打闹闹也疯过了，唯独专业上不曾用过心。

那时刚刚经历了很多打击，感情、学业、生活，非常全面地一塌糊涂，眼看大学消逝一半，自己却一无所获，有种无法原谅自己的心情。蹭课的想法就是那时候冒出来的。

最初是看了一本叫作《非主流动画电影》的书，当时觉得作者很有趣，就想联系一下，表达几句仰慕之情。恰好，学校有人是作者的学生，居然没费力就联系上了。我记得很清楚，当时在邮件里问的都是类似“怎么学好动画”这种大而空的问题，对方根本无法三言两语答复我，只是最后说，可以去蹭课，还发给我一位学姐的蹭课博客。我看了觉得很新奇，原来还可以蹭课啊！

我跟老妈汇报了这个想法，当即得到了她的支持和“拨款”，这事就算定下来了。

那本书的作者是薛老师，北京一所高校的动画教师，同学们都管他叫：薛妈。

大三，在学校新课表下来后，我把同届所有班级的课表都借来，对照要蹭的北京高校课表，仔细标注想蹭的课，然后避开自己学校课程集中的日期，开始定制特殊的时间表。两个学校有冲突的时段我就把自己学校的课调开，看看其他班级的课表，考虑能调到哪里，也跟老师私下商量，甚至调了系主任的课。一切安排妥当，我终于敲定了一份涵盖北京、天津两所学校的总课表，两边时间基本对半，几乎没有周末。

接下来就是路线安排，每周大体是这样的：我从天津的学校出门，等公交半小时，车晃荡一个半小时开到火车站，因为是穷学生，大多数时候买普快的票，两个小时开到北京，再从北京站坐40分钟地铁到学校。一趟算下来，起码有四五个小时花费在路上。好在路上还可以做很多事：看书、复习笔记、画故事板，或者睡觉、发呆……

大三的课程不算紧张，我每周从天津到北京往返，除却时间，住处才是真正麻烦的问题。两年里，我住过平房、青年旅舍、地下室……

第一次去北京时我住平房，40元一天，家徒四壁，一张木床，晚上10点就停电，一个人躲在被子里瑟瑟发抖。没有暖气，没有热水，当时是冬天，只有一张薄薄的棉被，我每次都把羽绒服盖在被子上，睡觉的时候鼻头冰凉，就把羽绒服的帽子翻过来盖住鼻头。没地方上厕所，出门要经过好几条小黑巷，才可能找到一个简陋恶心的茅厕，也没法洗澡。

最初来蹭课，每周我都是临时找日租房，一般在来京前的一两天，狂翻网页找短租。有时候时间很赶，我从天津下了课就往火车站狂奔，到了北京饥肠辘辘，房子却依然没有着落。也有时候，遇到风雪天，我背着书包，全身裹紧，一条路一条路地找可以落脚的地方，默默体会着“北漂”二字。

后来我实在厌倦了这种打游击的日子，干脆每周都去同一家青年旅舍，恰好总能捡到一个空床位。床位20元一天，青旅的特点就是人多，一套三居室塞了二三十个人。通风很糟，有时候要捏着鼻子往厕所里冲。而且由于人多，上厕所根本不叫上厕所，应叫抢厕所。这是一项技术活，要时刻准备着，听到水声就往外冲，有时候憋得不行了，干脆敲门挠墙。我们的房间是高层公寓里面的三居室，大概有120平方米，客厅拉上帘子，里面睡八个男生，三间小屋子里面，两间是女生屋，各住六个人，还有情侣间。房东睡在饭厅的位置。青旅有暖气，但是一天到晚感觉不到温度，房东还经常把暖气关了，晚上永远是凉的。而且没多久，青旅的老板不干了，我干脆跑到学校附近租了间地下室。

搬到地下室，境况自然也没什么改观，洗澡要花五元钱，晾衣服都是纯风干，见不到太阳，从衣服到被子都是“潮湿牌”的，皮鞋放久了还会发霉。我住的那间地下室只有四平方米，一个月360元钱的房租，电费一元钱一度，水费每月20元。对于我来说，地下室住习惯了也没那么糟，偶尔还用电饭锅煲汤煮排骨。我不是那种会把自己逼得特别狠的人，相反，我喜欢见缝插针地享受一下生活。不过由于地下室常年是黑的，住久了生物钟会紊乱，有时候半夜了也不困，一看时间就傻了。上午十一二点了还在睡觉，像早晨6点似的睡得特别死。后来为了抵抗生物钟，就开灯睡，开灯刺眼，改设N个闹钟。

我蹭过很多课，传媒大学、电影学院、中央美院……课程也很杂，动画表演、实验动画、动画概论、广告、原画、导演基础、分镜头脚本设计、动作设计、中国动画史……还有些记不起名字的课程。我没那么贪心，也没那个精力，试听之后敲定了最适合蹭的几节课坚持下来——比如薛妈的课。

起初蹭课时新鲜又刺激，虽然身边人讨论的名词我根本不懂，听天书一样，但整个人的状态却豪情满怀。我一边听课，一边写蹭课博客，每节课都记得详详细细。但是，很快我有些支撑不住，光路途跋涉就能累个半死不活。每周从北京回天津时，感觉人都要虚脱了，靠在公交车座位上思考下周还要不要去，心里沮丧地想，估计很快就要放弃了吧。

可是每到新的一周，我就习惯性地收拾背包奔赴北京了。

两年时间里，我每周往返一趟北京天津，因为家境平平，母亲的无条件支持已经很感激了，花钱当然不能大手大脚。可即使住那么烂的房子，开销仍然不可避免，住宿加路费是不小的开支，在外面吃饭也不便宜，有时候走在校园里，特别羡慕那些学生可以住宿舍、吃食堂。我的专业书多是淘来的二手书，实在没有多余的钱买新书了。

大四的时候，我和几个蹭课的同学一起合租了套两居室，算是迎来了蹭课的美好时光，房间在小区高层，90平方米，洗澡随时，还有洗衣机。我们把客厅布置成工作室，大家在客厅用电脑做东西，起居有序。家里还养着两只猫，有厨房可以做饭，有冰箱可以喝冷饮，一切都是无比完美的状态。

蹭课的日子过得很快，也很充实。我在北京结识了很多朋友，薛妈，教动画的老师和学动画的本科生、研究生，还有来蹭课的大学动画老师，在做毕业设计时他们都不遗余力地帮我。毕业设计是大四最重要的一环，我写了很多脚本都不满意，薛妈建议我把蹭课的故事做成动画，因为只有感动自己才能感动观众。我试着写了一下文学剧本，按照蹭课的时间线捋，第一稿一万七千字，薛妈说他看哭了，就定下了这个故事。

剧本写得还算顺利，但有一段特别崩溃，是写到我养的那只叫四虎子的猫去世的时候。我记得，当时我一个人在星光超市二楼的咖啡厅，哭了一包纸巾，泣不成声，到最后没法继续

打字了。

之所以给那只猫取名四虎子，是因为它是我在大年初四从山上的收容站领回来的。我、妈妈还有四虎子就是我的三口之家。很多个独自在京的夜里，我最想念的就是妈妈和四虎子。可是，四虎子在我蹭课期间病了，再也没有好起来……很长时间，它是我心里的一个结，因为在四虎子去世时我没能赶回家，为了动画聚变第一期录制而放弃了早回家的火车票，我没能见到它的最后一面。是我把它从收容站带出来的，可是我没能给它健康和长寿，它走的时候我为它买的那箱罐头还没有吃完，我很难过，也很自责。

在做那个动画短片之前，我一直都不能提四虎子，甚至不敢多想。四虎子去世之后，毕业设计期间我又收养了两只猫，有一只很像四虎子，就给它沿用了“四虎子”的名字。有一天它跑出去了，好不容易才找回来，那次我吓坏了，把它拎在门口打屁股。我喊着“四虎子”的名字打它的时候，眼泪都掉下来了。

我知道，自己内心深处，一直想能做个片子纪念它。所以当别人要我删去剧本中四虎子这条线时，我难过得不知道怎么办。那段时间我经常失眠，想着剧本就没法睡了，每天都很焦虑。剧本一直在删减，实在太长了，按照最初的脉络线串下来，故事起码要12分钟，而且编剧、导演、故事板、原画、动画、配音、剪辑等都要一个人去做，我实在完不成。在那种情况下，99%的人都建议我把剧本中猫的暗线拆掉，怕我控制不好就变成“养猫

记”……可是，那却是我最舍不得的部分。

记得当时我跟朋友在西街甜蜜蜜地吃饭，说到拆不拆“猫线”，我自己憋着憋着就哭了。庆幸的是，最终我固执地听从内心，保留了猫的这条线，现在我没有任何遗憾。

剧本定稿后，便是制作的部分。我从2月1日进入中期制作，每天10—15个小时的时间，持续到6月31日结束所有工作。甚至过年，我也没有回家，妈妈到北京陪我，年三十我都在画镜头，可能也是因为这样，弦绷得太紧了，后面就有点儿撑不住了。各种软件不会，手忙脚乱，最后一周的状态是，前两天流鼻血，后五天每天呕吐三四次……

短片《我的蹭课记》终于轰轰烈烈地做完了。最初我一直没有底气，生怕拿捏不好，毕竟，蹭课这种事情不是个华丽丽的事，也没必要众所周知……所以一直担心把故事做砸了。好在短片呈现出来的样子，是我最初追求的风格。云淡风轻地告诉大家一个故事，有快乐，也有悲伤，但是依然会从中看到燃烧一样的青春。

这个短片结束了，我对四虎子的心结也打开了。其实那段时间，姥爷也刚去世，心里要记住的东西太多了……而蹭课这一路对我来说，就像是个蜕变。我不再像从前一样锋芒毕露，整个人变得淡然。记得我站在最终答辩的讲台上，讲完以后，一个老师在下面说：“你知道吗，现在站在讲台上的你特别美好、特别自信，这两年来你成熟多了，你把你的锋芒都收到心里了。”这句

话我能记一辈子。

虽然蹭课的日子结束了，这段记忆却永远不会被抹去，就像四虎子，在我心里，它从未离开过。或许，等到自己七老八十，还是会微笑着想起这些点点滴滴吧。

▶ 老妈的第一个圣诞节

老妈生我时在她那个年代属于晚婚晚育，所以我不到30的时候，她已经快60了。我们老家在乡下，靠种地为生，她近60年的人生，都是在农村度过的。老妈跟所有农民一样，节俭，纯朴，不管生活富裕还是穷困，都习惯按照最节约的方式过日子。

到了今年年初，因为老妈身体不太好，我把她接到了上海跟我一起生活，这种巨大的反差对于她来说是极不适应的。首先是不认路，我工作的城市对于老妈的确是个“大上海”，看着二十几层的高楼眼都要晕了。来了将近一年，老妈还是只敢在方圆500米以内活动，平常不敢独自坐公交车，更不会坐地铁，从来不肯一个人出远门。即使偶尔我带着

她出门，老妈也必定紧紧握着我的手，片刻都不肯松开，生怕把自己给弄丢了。

当然，如果乘坐这些交通工具都不用给钱的话，也许她也会多认识一些地方。

就是这样一个老太太，当疯传2012年12月21日是世界末日的时候，倒是淡定得很。看大家都去买蜡烛，她问我要不要买，我说不买了，如果到时候大家都得死，还买了干吗，也没什么机会点。老家的亲戚那天也打电话来问，说家里乱成一片，好多大人都去接小孩回家了，你妈害怕吗？原本我也确实以为她会心慌意乱，跟平常一样啰唆，哪知道反而没有。问她为什么，她说反正我现在跟你在一起，也没有别的牵挂，没什么好怕的。

对，在她眼中，我就是她生命的全部。所以，确实没什么好怕的。

末日的传说就这么过去了，第二天她从菜场回来问我，什么是圣诞节？我说怎么了？她说菜场卖菜的人说要过圣诞节了，所以菜要涨价，什么是圣诞节？

在我们老家，年轻人可能知道圣诞节，但是像老妈这个年纪的，谁知道圣诞节是个什么玩意儿？况且，农村没有哪户人家会挂个圣诞树什么的。不像城市，那些商家生怕错过一个宰人的机会，到处是温馨美好的圣诞氛围。

我告诉她，圣诞节差不多就是外国人的春节。她恍然大悟的样子。

转眼就到了平安夜那天，我想不如带老妈出去转转吧，让她也亲自感受一下圣诞节的氛围，于是拖着她上街了。大街上果然一片节日气象，到处闪烁着大红大绿。我指着那些街景告诉她什么是圣诞树，圣诞树是干什么用的，什么是圣诞老人——圣诞老人有麋鹿拉的车，车上装满礼物，晚上会从烟囱爬进屋子里，将礼物放在小朋友床边的长筒袜里。

老妈听着，突然天真地问："是真的吗？"

我只好说："传说嘛。"

她又问："那你怎么知道的呢，是从网上看来的吗？"

我说："这是常识啊，人人都知道的。"

她又说："那我怎么不知道这样的常识？"

我不知道该怎么回答她了。对啊，这是她近60年来过的第一个圣诞节，在她之前的世界里，不知道什么是圣诞节。虽然这是一个无关痛痒的洋节，跟我们没有什么关系，但是，我们多少都有感知。而对于老妈来说，才是真正隔绝在她的世界之外的。

我心里突然有些难过。

她来上海的这一年，经历了很多的第一次。第一次吃自助餐，第一次喝咖啡，第一次吃韩国料理，第一次知道生鱼片和芥末，第一次看到寿司，第一次看到巧克力塔，第一次吃比萨，第一次见到自动售货机，第一次坐地铁，第一次见到圣诞老人，第一次看到LED显示屏日夜不停地播放广告，第一次看到地下通道的广告灯箱可以自动轮换画面……

很多很多的第一次，在我们看来，或许不过是最最普通的事物，每天都视而不见地路过，可在老妈眼里，都是神奇的存在，是她几十年的生命里从不曾感知过的另一种人生。老妈从农村来到城市，听我给她讲这些那些，好奇得像个孩子，又笨拙又胆怯，又想尝试又害怕花钱，一面对这些未知充满好奇，一面又对这些未知本能地充满恐惧。这是她从未企及的世界，她从未想过不一样的地方会有那么多不同。

老妈近60年来的第一个圣诞节，虽然来得晚了些，但总算是有了。我想，大概有很多很多跟我一样的孩子，还有很多很多跟老妈一样的母亲吧。她们在把自己所有的光阴都奉献给了子女、丈夫、家庭、庄稼的同时，却错过了这世间太多太多的精彩。

也许，只有我们能够带她们去认识这些。但问题是我们常常没空，即使有时间，也根本不会想到这些，不能够体会一个偌大的地下车库，都能给一位年过半百的老人带来巨大的诧异和惊喜。

老妈像个孩子一样感受着这些不同，小心翼翼地了解、接受这个新奇的世界。老妈的上一辈人还不曾经历今天的巨大变化，会在老妈年轻的时候教育她："我走的路比你过的桥都多。"然而今天终究不再是老妈的年代，我曾在街头听到过一位00后的小朋友对老人说："奶奶，你怎么什么都不懂啊！"

我的老妈也有很多很多不懂，可是我想，如果她愿意，我至少还可以让她知道得再多一点点。

如果你的母亲也跟我老妈一样，不知道什么是圣诞节，从来没看过一场3D电影，未曾尝试过各种料理，甚至从来没有过一次真正意义上的旅行，如果有空，不妨带她出门去转一转吧，再给她讲一讲那些美好的传说和古老的故事。不为别的，只因为在我们这个年纪，她们可以跟我们一起活蹦乱跳度过的节日已经越来越少了。

▶ 总是挂科的阿民

阿民是我的大学同窗，事实上，我们高中也在武汉同一所中学度过。但那会儿他和我互不认识，直到三年后考入了同一所医学院，又恰巧分在同一个班，才成了无话不谈的朋友。

阿民小我半岁，20世纪70年代末生人，他性格温黻，不骂人不打架不抽烟不喝酒，连玩游戏和谈恋爱都与他沾不上边，他唯一的爱好就是读书。当时他对医学似乎没什么兴趣，比起厚厚的令人厌倦的“内外妇儿”，他手上拿的更多的是《源氏物语》《梦的解析》《金刚经》……

不知是因为没有花费精力学习，还是运气太背，阿民总是挂科。一到考试便灰心丧气的，不过也由不得他不沮丧，最后挂到几乎毕不了业，我们在一旁都替他捏一把汗。毕业那年，阿民一边忙着找工作，一边忙着补考，每天跟走钢丝一样，生怕一不小心五年的本科连个学位证也拿不到。好在，他在作战一样的节奏里终于毕了业，进了一家二甲医院，算是小小稳定了下来。

刚入社会，每个人都手忙脚乱，我和阿民也疏于联系。偶尔打电话，他有意无意地开始谈起女孩子，医院里哪个女护士最好看、新来了哪些实习女学生。我隐约感到阿民的春天来了。果然，他吞吞吐吐招出来喜欢上了一个他带教的实习女学生，只是比他小两届，没有胆量去追。我暗想，这家伙好不容易喜欢上一个女生，怎么能以暗恋告终？于是不时旁敲侧击地鼓动他，动之以情晓之以理。终于，我们约好在情人节那天去给女孩送花。

为了让效果“不同凡响”，我们选择的不是普通玫瑰，而是打算买一种当时很时兴的叫“蓝色妖姬”的玫瑰花。可惜，我跟着他坐出租跑了大半个汉口也没寻觅到，最后不得已在医院后面的小店买了捧红玫瑰。阿民却不敢亲自去送，而是花十元钱请店员送了去，连名字都不敢署。我说不署名怎么表白，阿民却坚信女孩收到花就能猜到是自己。但即便如此畏畏缩缩，那次的举动对于阿民来说已经很疯狂了，因为不要说买玫瑰花，就连坐出租对当时的我们来说都足够奢侈了。我当时也很震惊，心想爱情的力量果然是巨大的，那天的阿民与读佛经的他简直判若两人。

遗憾的是，女孩收到了玫瑰花，却没有答应他。阿民不甘心，为了做最后的努力，决定在女孩回家的必经之地等她。那天下着大雨，他整个人紧张兮兮的，又焦急又可怜，我站在一旁为他壮胆，两个大男人就那么在雨中痴痴等着。看着伞缘滑下的水帘，阿民幽幽地说："连老天都流泪了。"

遗憾的是，即使"感动了老天"，却依然没能感化那姑娘。那天我们傻乎乎地站了两个小时，结果连女孩的影子都没等到。雨越下越大，阿民不好意思叫我跟他继续傻等，也不好意思自己留下来，悻悻地说了几句"没缘分"之类的话各自回去了。后来我偶然问起女孩的事情，阿民半天说不出个所以然，我知道是没成，大家渐渐都不再提起这件事。

不久后，有老同学从日本归来，我们在一家茶屋小聚。他们两人博览群书，喜欢坐而论道。我插不上嘴，在旁边聆听，看阿民口若悬河的样子，心中暗想：阿民毕竟还是阿民。

相比之下，我比阿民感性一些，因为喜欢画画，改行去学了漫画，慢慢踏入了动画行业。而阿民一直在那家医院调来调去，甚至一度转到了120急救。有一次他问及我的薪水，我如实回答，是他当时的一倍多，能够想象，他有些沮丧。而作为医生，他当时的收入也的确很低，勉强养活一个人而已，其他行医弄药的同学却收入不菲。工作的压力加上收入的偏低，让他觉得待在那家医院没有前途，便决定离开武汉出去闯闯。

他去了广州，在一家私人医院打工，工资也不高，每月才2000元。有时候打电话，依然能感觉到他的不如意，他说赚钱辛苦，听不懂广东话，说工作艰难。其实我和他半斤八两，但是觉得人生本来如此，所以总是扮演着“冲淡幽怨气氛”的角色。

大约过了一年多，一天晚上，我忽然接到阿民从广州打来的电话。那次他一口气讲了半个小时，我几乎插不进嘴。他住在广州的城中村里，每天工作到很晚，筋疲力尽才回家，可是薪水依然很低，没有女朋友，看不到出路……到最后他忽然说：“觉得很累，想从珠江跳下去。”

我知道，他不是说着玩的。他在那里一个人过得不快乐。阿民还有个弟弟，当时已经结婚，工作待遇都优于他，因此很长时间，阿民有着摘不掉的压力。我很怕他真的想不开，于是把自己的惨境开玩笑似的讲给他听，我讲转行之后的境遇，最初有多傻，吃了哪些苦，混得如何惨，甚至连他都不如。

记不清当时究竟讲了多少憋在心里的话，总之是对他史无前例地诉说了我的整个“悲惨世界”。他有些意外，说一直以为我混得很好。我笑笑，我们在别人眼里都过得很好，其实呢，自己的辛苦自己知道。他的情绪终于渐渐平和，我们两个大男人在半夜互相发着无用的牢骚，心里却像吐出了一口恶气。

没多久，我也像阿民一样，开始外出“务工”。当时都说上海是中国的动画圣地，于是我成了上海若干怀揣梦想的动画人中顶不起眼的一名小卒。而阿民，已经换到了一家医疗用品公司做策划行销。通话里，阿民依然偶有抱怨，却越来越看开了。

他告诉我，想了很长时间，决定考研了。那段时间他白天上班累得要死，恨不得回到家就倒在床上不起来，但是不能休息，他喝咖啡，掐自己，刺激自己清醒一点儿好复习考研，笔记越做越多，眼睛越来越模糊。他说，每天都累得感觉要随时死过去一样。

功夫不负有心人，第二年，阿民辞去了工作，去了一所医学院读血液病研究生。我心里觉得他慢慢走上了一条比较稳妥的道路。

阿民研究生毕业前的那年写论文，需要实验图片。实验估计很麻烦，他传了一份图片请我帮忙用Photoshop加工一下。我嘲笑他弄虚作假，但还是为他P了图片，他笑说我不愧也是学医的，P的内容都是对的。过了一段时间，他顺利毕业了，说没有用那些图片，还是老老实实地准备实验用品，独立完成了实验。我心里顿时舒坦了许多。

他告诉我，他给学生讲课，将血液病理里最麻烦的内容讲得清清楚楚，获得了台下一片惊叹，而这是当年在大学里频繁挂科的他根本无法想象的。我暗笑，这大概也是当年以为他“朽木不可雕”的老师们无法想象的吧！

没多久，阿民在湛江一家不错的医院找到了新工作，专业对口，收入满意。又过了一段时间，阿民有些羞涩地说，终于邂逅了自己的第一个女朋友，也是他带教的实习医生。而这一次，女孩说看他也不像是个会发财的，但是她愿意嫁给他。

阿民终于离开了那种“收入很低，没有女朋友，看不到明天”的日子，和第一次谈恋爱的女友热热闹闹地举行了婚礼，在湛江安了家。

现在，阿民在职进修医学博士，也有了个可爱的女儿。和其他同学偶尔聊起，大家都要跟我反复确认：阿民？那个总是挂科的倒霉蛋阿民？居然还在从医，而且读到了博士？

我们都不曾想到，当初成绩不错的很多人纷纷转行，而挂科的阿民却一路从医，并且在专业上早已超过我们中的每一个，还娶了一位从医的贤惠太太。

生活大概就是这样充满了意外吧。有时候跟阿民通电话，他会说“被女儿吵死了”“老婆什么都管哪”，但语气却和从前大不同，透着满足和幸福。我知道，阿民终于一点点地走过了那些灰色的岁月，也早已明白，人生不如意十之八九，所有人都一样。但我们还是要努力，因为，还有十分之一的美好，真真切切。

▶ 扫街的母女

初中时认识一个姑娘，住在我家一旁的巷子里。

那个女孩成绩好，却少有人喜欢同她做朋友。她相貌普通，还有龅牙，所以看上去实在不太美丽。更重要的是，在当时年少的我们眼里，她是个极其无趣的姑娘，穿衣十分土气，对流行的话题全然不知，普通的玩笑也无法会意，即使是当时连小孩子都如数家珍的“四大天王”，她也只能说出一个刘德华。我们私下里悄悄议论：这大概便是传说中“死读书”吧。

因此她总是一个人上学、放学，大家看到她也不怎么打招呼。与她在一起，我们自己都会觉得尴尬。有几次我实在没有伙伴一起上学，恰巧碰到她，就顺路一起走。我尝试过很多话题与她沟通，她的反应还是“木头”一样。

她对什么都不感兴趣，除了课本上的习题可以和你多说两句，其他简直一无所知。我曾问她将来的理想是什么，她愣了半晌，似乎根本没考虑过这个问题，半天才悠悠道：“上班，赚点儿钱，让我妈不用扫街道了。”我听了，暗想果然不出所料，连理想都只是工作和赚钱。后来我和伙伴宁肯自己上学，也不愿意和她一起走了。

她在班级里似乎也不受欢迎，这简直没什么可怀疑的。记得一次我有事情去班级里找她，一个男生正在门口，看到陌生的我非常热情地迎上来，问我找谁，可是当我说出她的名字时，男孩的兴致仿佛一下子没了，哦了一声，闷闷地进教室把她叫出来，仿佛我找的人令他有些失望，而我，当时也忽然觉得有些不好意思。和一个无聊透顶的人交朋友，想必那个男生也以为我是一样的无趣吧！

她还有一个弟弟，那会儿不过五六岁，或者再大一点儿，但个子非常矮小。我只去过她家一次，家徒四壁，虽然算不上脏乱差，但也好不到哪里，整面墙都是黑乌乌的，所有的家具都不能再旧。我坐在破了洞的沙发上恨不得马上逃离，心里默默地想：以后再也不要来了！

但是，她的弟弟非常热情，拿出鲜亮的冬枣塞给我吃，一脸纯真中带了讨好，生怕我不喜欢他家似的。我能明显感觉出来，冬枣是他平日里舍不得吃的宝贝，更是他姐姐没有“资格”吃的。因此，他的母亲看着这个小孩子的举动颇有几分不悦，却又无法开口阻止，眼神却是很明显。尴尬中，我慌忙地摆手，不敢接过来吃他递到手里的大枣。弟弟似乎很失望。

印象里，他们一家人都不十分讨喜，女孩的父亲胡子拉碴，不爱说话，人很瘦小。只有弟弟比较可爱些，但是每天脏兮兮的。我们最不喜欢的是女孩的妈妈，眼神里总是对我们充满了敌意和防备，好像我们天天欺负她女儿似的，令我们非常不舒服。

女孩的父亲在马路边开了家小卖铺，几平方米的样子。所售不过是些便宜的烟酒糖茶，20元以上的货物都不多见，甚至摆了许多早已被时代淘汰的日用品和零食，和一些农村都不再流行的便宜货，我一度不明白他家的货源来自哪里，店面快成旧物市集了。因而不难预见的是：生意差得很。

女孩的母亲有个扫大街的临职（临时职位），每天穿着鲜亮的橘红色工装，戴着口罩打扫马路。不过，他们一家人虽然贫困、木讷，过得似乎也没什么不好。女孩的母亲喜欢将女儿的获奖证书放在店里，充满了荣耀感。我们打算要过来仔细看时，她又一脸警惕，不肯拿给我们。

所以，即使经常能见到，当时大家跟她的关系也只能算认识，连虚伪的热情也不愿意送出，因为无论你如何待她，回报总是一张面无表情的脸。

后来我去读了高中，渐渐和女孩再没有联系。几年后她家的一些变故，还是从别人口中得知。

有一天晚上，几个流氓去她家的小卖铺买烟，看她父亲长得瘦小老实，便想赖账。但是她的父亲却非常执拗，不付钱不肯让对方走。双方僵持不下，流氓们骂骂咧咧一通，毫不客气地出手，将他父亲痛打了一顿，踹倒在地上，拿着香烟扬长而去。

女孩的父亲亏了钱、挨了打，但事情并没有因此结束。后来，那些小流氓隔三岔五来店铺生事端、抢东西、找借口打人，使他们的生意再无法继续下去，却不敢报警。或者说，在他们一家人的思想里，根本不会生出报警这种意识。所以当时的境况非常糟糕，一家四口战战兢兢，不知道这种日子什么时候才会是尽头。

他们家是间破旧的平房，就在店铺后面的小巷子里。大概流氓早就打探到了，有时候会跑去砸门。因此，不久之后，女孩一家店铺也不敢开了，家里面也住得胆战心惊，生怕坏人闯进来捣乱。

很长一段时间，为了躲避流氓的骚扰，每天他们都偷偷地在家生活，吃储备的面条、咸菜、方便面。白天不敢出门，将锁从大门外面反锁上，装作没人在家的样子，小孩子也不去学校上课了。晚上从来不敢开灯，惶惶不可终日。

但即使如此，仍是没能躲过那些恶人，闹出了事情。因为过了好多天，他们见流氓没有再来，就试着出来做生意，总要赚点儿钱维持生计的，否则也是饿死。但不知是他们运气太差，还是对方设了计策，他家的店铺在重新营业的当晚，就被那伙人“抓了个正着”。店铺被砸得很不堪，双方混打在一起。眼看瘦弱的父亲被几个流氓打得头破血流，就要吃亏，情急之下母亲冲回家里，拿把菜刀疯了一样地冲出来，冲着一个年轻人的手一刀就砍了下去，切下了对方的三根手指头。

所有人都傻了，停止了斗殴，有人报了警。

听说，警察来的时候，母亲满眼里只有愤怒，压抑不住的愤怒。临被带走前，她咬着牙说了一句话：只恨我自己没出息，不能杀了你们。

母亲被判了刑，那伙流氓再也没有出现过。

没多久，女孩高考，成绩原本非常优秀的她，考得一塌糊涂。

在父亲的支持下，女孩复读了一年，可是第二年考得更糟，竟然连专科也没什么可挑选，好像是第一门科目没有考完，就晕倒在了考场上。

最终，女孩选了一个非常普通的专科，去读了大学。我们没有人跟她联系，只有大人们偶尔路过那家店，能看到他们。他们依然和从前相差无几，脸上没有什么表情，说话少之又少。

后来我家搬离了那条街，再也没有女孩的消息了。唯独有一次，我回去看望一个朋友，远远地，忽然又看到了那对母女。

母亲依然穿着橘红色的工装，弯着腰在打扫马路。女孩穿了一身暗红色的运动服，戴了母亲的口罩，陪着母亲一起打扫马路。

我远远地看着，没有上前跟他们打招呼。我知道那个母亲一定不愿意我们看到她扫街的女儿，而更愿意给我们看女儿的那些获奖证书。可是那一刻，我站在不远处，忽然有种想流泪的冲动，觉得那个画面既温暖，又让人难过，一瞬间生出许多对小时候不喜欢她们的愧疚。而年少时她那句“上班，赚点儿钱，让我妈不用扫街道了”，也终于在多年后令我有了一种全然不同的感受。

年少的自己并不能够明白，不是所有的人生来都聪慧、讨喜，但爱是一粒种子，贫穷、笨拙、木讷，却抵挡不住他们一家人的爱护，我们谁也没有资格瞧不起她。

写下这个故事，含着许多对年少时关于她的抱歉和遗憾。我记得最后见到他们的那天，母亲接过女儿递来的水杯，扬起笑脸。我知道，经历过那么多的风霜雨雪，在今天，这个安静、沉默的家庭，一定更明白如何去珍惜坎坷人生中细微的温暖和最美好的亲情。

▶ 偷灭火器的朋友

我曾经有一帮特别的同学，他们的身份背景迥然相异，年龄跨度从60后到90后。我记得，同桌的年纪刚好和我前面同学的妈妈一样大。大家的经历也五花八门，有人海外十年归来，有人事业小有成就，有人刚刚大学毕业，也有人之前在各处打工。

他坐在我的左前方，话不多，年纪和我相仿，但是已经工作几年，来到班级之前，据说是在社区做保安。

那几个月的学习生涯里，半数同学工作在身，不但经常有人逃课，更有人直到毕业我们都没见过，令大家很替那位同学心疼学费。

而他是每节课必到的。并且，他总是带着相机，将老师在课上放的幻灯片教案一页页拍下来。

通常，班级里有谁逃了课，或者是笔记没记全，就会去找他借。

虽然他听课认真，却总是听不懂，有时候我们解释完，他依然一脸迷惑。不过，就算不明白，他依然比谁都听得多，像一个“屡败屡战”的战士。乃至毕业后，大家返乡的返乡、工作的工作，独独是他，每天坐一个多小时公交车去学校蹭课。

他与我们交流不多，有次几个朋友一起吃火锅小聚，大家一通海聊，大声地争论，气氛在涮羊肉的腾腾热气里越发地热闹。但只有他，从头到尾都在默默做听众，不插嘴，也不吃饭。我们半晌才注意到，忙对他说：“怎么不吃啊？你吃呀！”

他说：“听不懂你们在说什么，我听听你们说话，学习一下。”

我们一愣，也不再多说，一面舞动起筷子，一面喊他赶紧吃东西。

他给我记忆最深的，是很久之前的一件小事。

那时候还没毕业，有一次上课，我偷偷写了个故事，1000字的样子。下了课，他转头来聊天，看到我在稿纸上勾勾画画，顺手要了过去读起来。

那是一个美女小偷的故事，女主角身手不凡、八面玲珑，虽然远不能与《偷天陷阱》《天下无贼》中的偷天大盗相比，却也游走在“偷盗的世界”里潇潇洒洒。

这个故事只是心血来潮写着玩的东西，写完了随手丢掉就是它的命运，因此也没打算邀请别人提什么意见。

没想到的是，他看完我的故事，脸色渐渐有些异样，终于按捺不住说："你偷过东西吗？你知道怎么偷东西吗？你知道偷东西时的心情吗？写得这么轻松，小偷还是个女的，偷起来哪里有你说的那么容易？偷东西有那么好玩吗？！"

他的声音不高，脸上并没有不悦，只是一口气极认真地质疑了一连串，以表示自己对故事虚假情节的反对，语气里透着一股"愤愤不平"。

我很是意外，愣在那里，半晌接着他的话茬儿小心翼翼道："难道……你偷过东西啊？"

他头也没怎么抬，依然看着故事，简简单单地回答我："偷过。"

我又是一愣，轻轻啊了一声，不知道这话怎么接，心里却在问：在哪里偷的，危险不危险？

不过，他并没有丝毫的尴尬。只是放下故事，说我写的东西"不科学"，然后给我讲了他第一次偷东西的经历。

那时他刚刚结婚不久，20出头，带着老婆从遥远的家乡奔赴北京，为了省钱，租了间极便宜的地下室。

但是工作异常难找，那段时间，两个人每天外出求职，出发时天还未亮，回家时月已西升，而"好消息"却仿若海市蜃楼，始终只是两人眼前互相安慰出来的幻象。

他们失业、穷困，眼看就要吃不上饭。事实上，他们也真的经历了没钱吃饭的窘境。

那天清晨，他一如既往地及早出门，但是再次求职未果。就在回来的路上，他看到路边有一家小小的店面，门外竖着个牌子，上面随意地写了几个大字：回收灭火器。

他收回目光继续往前走，忽然半路想起了什么，又退了回来，走到店里，问老板灭火器的价钱。老板回他说："五元、十元不等，看灭火器自身的质量。"

他点点头，一路上惴惴不安地回了家，心里想着自己租的地下室角落里，那个落了厚厚一层灰的灭火器。

地下室住了很多"北漂"，厅廊里也算是"人来人往"了，他不时地向门外张望，希望能找到个无人的间隙方便自己"动手"，但偏偏那个上午一直有人走动。忐忑不安中，好不容易盼到了中午，租客们午休的午休、外出的外出。终于，可以去偷灭火器了。

但即使没有人，他依然不敢大摇大摆地去拿灭火器。他在屋里转了半天，翻出一个大纸箱，抱着它出了门，走到离灭火器不远的地方，却不敢上前。时间过得很慢，他左看右看，生怕从哪间屋子里突然冒出个人来，汗都要淌出来了。最终，他狠了狠心，一把抓起了灭火器，塞进箱子里。

他抱着箱子找到了那家店，灭火器卖了五元钱。

我有些吃惊，问他："背上一次'小偷'的罪名，只为了换五元钱，你觉得值吗？"

他看看我，想也不想地回答："值啊！我和老婆那天的晚饭有了。”

我默默点头，没有再说什么，很长时间里却忘不掉这个故事。

毕业后，大家各自谋生活，联系渐少。

三年后的一天，我搬家，路过小区门口，见摆了许许多多灭火器，忽然间想起了他，也不知道他现在过得怎样了。只记得最后一次见面时，他说，如果混不好还可以干老本行，去餐馆端盘子。

但没想到的是，那个傍晚，居然就收到了好久不联系的他发来的短信，还有一张照片，他告诉我们，他当爸爸了。

照片上的小孩很可爱，他说话一如既往地简洁，那条短信的末尾写着：母子平安，全家高兴。

▶ 给予过温暖的陌生人

（一）

很多年前的一天，我坐公交车去市中心逛街。在一个十字路口，忽然看到有家大型书店在搞活动，外面摆了许多书，折扣很多的样子，我匆匆忙忙就在那站下了车。

那家书店我非常熟悉，因为在我们家乡那种小城市，书目较为齐全、更新及时且品位不错的书店屈指可数，所以，那是一家我从前就常常去的书店。而这次的不同在于，它带着一种“挥泪大甩卖”的表情，价格也相当诱人。

我一眼看见，里面有一套图书，是我寻觅了好久的。那时候买书还没有亚马逊、当当、京东这么便捷的途径，一本书往往就是在书店找，不停地问老板有没有货。因此我看见那套书的时候，眼睛都亮起来了。

但是，我却没带足够的钱。而且，翻遍全身还是差了两元钱。

我试着跟老板讨价还价，觉得今天必须把那套书扛回家。可老板也很拧巴，任我怎么说都不为所动，甚至到最后干脆不再搭理我这个穷学生，去招呼别的顾客了。

我沮丧地站在那里，没钱买，也舍不得走，悻悻地假意翻着其他书。半天，我厚起脸皮跟老板最后问了一遍能否便宜，被老板一句“不可能”打发回来。我像个战败的士兵，垂头丧气地在原地发呆。最终，我叹了口气，准备离开人群。

可就在这时，忽然有张十元钞票飞到我面前。

我顺着那只手看去，是站在我旁边的一个年轻人。他说：“不够的钱我帮你付吧。”

我吓了一跳，虽然我很想接过那十元钱，但是理智告诉我不行，而且当时我的第一念头居然是：他不会是坏人吧？这不会是什么陷阱吧？再说我只是差两元钱而已啊！给这么多我怎么收啊！

所以我坚定地摇了摇头，不肯收下他递来的十元钱。他也没说什么，转身就走了。但是他刚走，我就后悔了，心里默念：傻瓜，这套书泡汤了吧！我失落地看了书最后一眼，打算转身离开，但没想到的是，这时候，年轻人又折回来了，手里拿着一瓶纯净水。

原来，他没有零钱，拿十元钱去买了瓶水找零，然后，他将两张一元钱放到我面前的书上，说了一句：“拿着吧，没关系，也有人这样帮过我。”

说完这句话，他就转身走了，也不管身后我瞠目结舌的表情。只是那一瞬间，我觉得他的背影好酷。

我如愿以偿地捧回了书。一路上，还特别积极地给一位奶奶让了座位。

很多年后，我一直记得那句话。偶尔我顺手帮了别人，别人说感谢时，我只是笑笑，却会在心里得意地说：没关系，也曾有人这样帮过我。

（二）

去年，我去天津大港看望一位亲戚。由于初来乍到，下错了车，一个人提着行李怎么都找不到亲戚所说的位置。那条街上人不多，我放眼望去十分钟里只有那一个男人站在那儿，像是在等人，我怕他不久也走掉，于是急忙过去，抓住人家问个不休。

亲戚那会儿手机一直占线，我也说不清要去的地方，跟他嘀咕了半天，才终于确认，绝对不是这里。他隐约知道我要找的地方，但是非常不熟悉，于是开始打电话，打了两三通电话，终于问明白了，转头耐心告诉我怎么走、要注意什么。

我感激涕零地跟他告别，但是刚走开，他又追上来了。说这里不好打车，而且这边偏僻，打车不打表，你一个外地姑娘容易被骗，我帮你打完车再走吧。

我忙说好，跟他站在那里等车，好半天，才终于有一辆车经过。他用天津话跟那个人讲价钱，谈好了价钱，又特意装作去看车牌号码的样子，“吓唬”那个司机说：“我可记下你车牌号了，给我好好把她送到了啊！”那个司机笑嘻嘻的，忙说放心放心。

临走，他又凑到车前面对司机说：“师傅你开稳一点儿，她刚坐完长途车。”然后转头对我继续“演戏”道：“路上小心，到了给我打电话啊！”我乐呵呵地答应着，挥手道别。

车刚开，司机就笑着问我：“他是你哥哥，还是你男朋友？对你那么好？”我一愣，笑着回答：“是我哥哥。”司机点了点头，又说，到了别忘记给他打个电话。

我轻声答应。司机当然不会想到，他眼里那个对我很好的人，不过是认识了十分钟的陌生人而已，而那通要打的电话，可惜，我永远都不会知道电话号码了。

（三）

毕业那年少不更事，我独自去北京谋生。但是，一无所长的自己很快败下阵来。有两天的时间，我只能拿三包泡面充饥。那一刻忽然觉得，即使某天饿死在这样一间廉价的出租房里，大概也不会有人发现自己吧。

那种感觉令我感到恐慌，于是在一个大雨滂沱的夜晚，收拾了所有的行李，从栖身之地打车去火车站，踏上了返乡路途。

出租车只能停在外缘，离候车厅的距离大概几百米。单薄的我不知哪来的力气，左手提着一个大编织袋，里面是被子和褥子，大概有二三十斤；右手提着另一个大编织袋，里面是零碎的生活用品，大概也有二三十斤；身上还提着一个包，胳膊上又挎着一个小编织袋，感觉浑身可以利用的地方都被占满了。

我蹚着水，每一件行李都尽量高高提起，一口气提到候车厅下的屋檐，这样总不至于淋雨。想想那时80多斤的我提着和我体重差不多的行李该有多么吃力！到了候车厅我整个人都累趴下了，形象估计狼狈不堪，但我根本没精力理会这些，只想着如何半死不活地将行李拖上车才好。

排队检票的时候，我几乎是拖拉着这些行李往前挪，也实在没有力气再将其提离地面了。我一面笨重地一步步往前挪，一面担心过会儿我究竟该怎样爬上火车。

就在这时，身后隔着几个人的一位年轻男子走上来，说："我来帮你提吧。"在我诧异的目光里，他问清我在几号车厢，之后没再说过一句话，直接拎着我的大小包裹，把我送进火车的车厢里。

落稳行李，我满心感激，想要留下他的电话号码。他笑笑说，没事，别放心上，然后头也不回地朝反方向走了。

我知道，他或许早已忘了这件小事。而对于当时落魄的我，那却是离开北京前得到的最后一点儿温暖。遗憾的是，我已经忘了他的模样，只记得他高瘦的样子，身上背着两个包。

（四）

研究生毕业那年，我被北京一家单位聘用，从南方坐火车来京工作。

前两天我寄居在朋友的出租房中，因为空间狭小，我的到来使房间更为拥挤。为此，我在网上匆匆忙忙就租了房间。当时公司在朝阳门，我在离它只有两站的崇文门租了间阳隔。所谓阳隔，就是带阳台的隔断间。正常房间的客厅加阳台，被不怎么厚实的墙从中间生生隔成两间往外出租，我租下的便是这样一间长条小卧室。

当时朋友说我太冲动，刚毕业租房没必要“一步打到市中心”。虽说是隔断，因为地理位置好，价钱也不便宜。但我醒悟得为时已晚，好在租期只有半年，因为我是续租别人转租的房间。正常租期是一年，别人住了半年，将剩下的半年再转租。初次租房，我生怕房子不合适，所以干脆找了间半年到期的，心想万一不行就忍上半年再搬家。

我是从中介手里找到房子的，当天要和前任租客交接合同。我从朋友家拎了个重重的大编织袋，身上背了最贵重的财产——笔记本电脑，又拎了个包，一步步地往地铁挪。地铁上虽然拥挤，但至少能把包裹扔下，而下了地铁到出租房的距离才是最痛苦的，一两千米的路程，到最后我两步一停，手换来换去，左右手指都被勒得通红麻木。

前任租客早早地到了，在中介办公室等着我。大老远看见我，门外的中介转头向屋内说了声：“来了！”然后我看见一个清瘦的姑娘跑了出来，她看了我一眼，就跑下了台阶，帮我拎过手中的包裹。

她就是房间前半年的主人。那个姑娘比我大不过两三岁，对我说第一句时竟然眼睛红了。她说：“我看到你的第一眼，就想起去年自己提着行李来这里的样子，也是一个人，背着电脑、提着编织袋，一模一样。”我那时刚来北京，诸事不顺，路上又走得筋疲力尽，听她这么一说，心里一酸，居然也差点儿哭了。

中介收钱不怎么厚道，转让租房还要交一项费用，问我们谁来交，又说似乎应该是“下家”来交。那个女孩一听，忙说：“算了算了，我交吧，她刚毕业哪有什么钱。”

女孩帮我把行李提到了楼上，又问我还有多少行李，要去帮我搬家。我愣住了，这怎么行呢？但是女孩说她今天请了假，闲着也是闲着，觉得和我有缘，一定要帮我搬家。

一路上，她问我行李多不多，我说有点儿多。她想了想，说：“没事，我跟你搬完再走。”到了朋友家，她一看我的行李忽然扑哧乐了，说：“嘿，你这点儿东西也叫行李啊？！”然后三下五除二帮我重新捆扎了一下，和我一起提下楼。在我想象中原本浩大艰巨的工程，因为她的出现，忽然轻松起来。

她招手打了辆出租。本来，我交完房租身上几乎没什么钱了，所以之前才坐地铁的，但总不能叫她跟着自己一起挤地铁，所以我狠狠心，觉得出租就出租吧。结果到家时，她居然抢着付了账，我给她钱她怎么都不要。

我很过意不去，当时已是正午，于是坚持要请她吃饭。她也饿了，推脱不过，我们进了间普通的小饭店，任我怎么说，她也只点了一份番茄炒蛋盖饭。

临走时，她又把电话留给我，说我一个人北漂不容易，有什么困难可以联系她。

她离开后，有段时间我很想给她打电话，可是没什么好的借口，也担心她忙碌，终于还是没能拨下那个号码，于是渐渐失去了联系。

只是，因为那个从未拨过的电话号码，北漂开始的日子，我心底生出更多的勇气。我一直想，一年之后，自己也要和她一样硬气，看着那些行李不屑地说：嘿，这点儿东西也算行李啊！于是，那些排着队扑来的困难和初来北漂的难挨时光，终于因为一个陌生人无意的话语，而令我不再恐惧。

你只负责精彩
老天自有安排

You just please
focus on working wonders,
and God will arrange
anything else.

第三辑　一朵花开的时间

▶ 穷小子的旧时光

我的家乡在徐州的一个小村子，家中共四个孩子，虽不属“困难户”，但也相差无几，吃饭穿衣读书生活样样离不开钱，日子一直紧巴巴的。

那年我刚刚参加完高考，丝毫没有许多同学脸上的“释放感”，走在路上我始终想不清，是考取大学好，还是考不上好。因为即便过了分数线，也不会令家人感到兴奋，相反，这在无形中又为他们出了一道难题，四年学费这个重重的担子可以预见地会当头压过来。

所以，在那么艰难的条件里，当我拿着录取通知书，从父亲手中接过皱巴巴的学费，明白自己终于可以继续读书时，我也终于放下一颗悬着的心，却又同时生起无限的愧意来。

因此，进入大学后，除了学费，我根本不好意思再向家里伸手要一分钱。

当时室友一个月的生活费平均标准大概是600到800元，而我只有200元。但即便200元，我也算了又算，花得满心愧疚。学校食堂的饭菜，我一个十八九岁人高马大的男生，一顿饭怎么说也要3元钱，一天伙食费算10元钱，200元也只够吃20天，这还是在不需要任何其他费用的情况下，比如买本书、买支笔、买包手纸、买瓶水……对很多同学来说再正常不过的小事，于我却成了奢侈。

每个月总有那么几天甚至十几天，没有钱吃饭，于是每天只吃两顿，中午那顿省掉。所以一到中午就备受煎熬，常常有朋友喊着一起去食堂吃饭，我只好假装写作业，跟别人说晚点儿再去吃，一直坐到教室里所有同学都走光了，才自己默默回宿舍。如果路上再遇到熟人，干脆说吃过了。

我算是真正理解了以前学过的一篇《挖荠菜》的课文里说的，那种饥饿的感觉从未离开过我。

在这种情况下自己逐渐意识到，光是忍着是不行的，得去找钱。很幸运的是我遇到了文联的一位老师，让我在杂志社做兼职，一个月可以给200元的生活费。也就是说，现在一个月我有400元了。虽然仍然比不上其他的同学，但这已经足够鼓舞我。我从小没有乱花钱的习惯，不买衣服、零食、礼物也不会过得不舒服。这样下来，我每个月的生活费不仅足够，到学期末时还借给了同学200元。

大三的时候我恋爱了，女朋友是同校的学妹，我们的恋爱并没有像其他人那样为我带来额外的开销。她家境普通，但与我相比也算优越了。她是个善解人意的姑娘，虽然年纪比我小，但很会照顾人。她的性格有几分大大咧咧，对我却是处处上心，大小事情比我家人考虑得还仔细几分。她甚至会开玩笑说："感觉我就跟你妈似的！"

知道我经济不宽绰，她从没在物质上对我提出任何要求。有时候，我觉得冥冥之中上天对我还是很好的，让我能够用自己的双手去生活，还遇到了一份简单美好的爱情。

像这个年纪的女生一样，她也爱逛街，我偶尔也陪她。不过我们的逛街更像是散步，只逛不买。她还笑嘻嘻地宽慰我说，逛街逛街，逛的乐趣远胜于买！我们在一起，去的地方、玩的游戏都是不花钱的那种，但依然开心，感情也并未因贫穷而有所变质。

转眼就大学毕业了，我顺利地找到一份工作，只是工资非常低，每个月只有1300元，房租、水电、电话费、交通费……日子过得精打细算。为了节约开支，我租的房子只有150元一个月，没有厕所，上厕所要跑很远，每天晚上吃过晚饭再也不敢喝水。尤其是冬天，没有厕所是件很让人崩溃的事，大半夜从屋子里跑出去，走到很远的厕所再跑回来，好不容易焐暖的被窝不费工夫就变得跟冰坨一样，叫人很难再睡过去。

因此一旦上厕所回来，就要折腾到很晚才能睡下，睡眠不足也成了家常便饭。

前前后后搬了几次家，先是换到220元一个月的房子，仍然没有厕所，而且每次一下雨，外面下家里也下，滴滴答答像奏鸣曲似的。再后来稍微攒了一点儿钱，觉得没有厕所实在太不方便，尤其是对女孩子，就和女朋友商量着搬到了450元一个月的住处，终于过上了有厕所的生活。

不久后，我决定辞职去南京发展。女朋友一如既往地支持我，跟着我收拾了大包小包来到了南京。这一次，我们租的房子才真正像个遮风挡雨的地方，最让我们激动的是，终于有空调了。在这之前，我们还没有住过有空调的房子，当时打开空调像是过年似的。

但依然是非常穷，我很久都没有找到合适的工作，女朋友倒是比我先找到。不过有工作跟发工资还是两回事，这一个月我们要慢慢熬。最穷的时候，我俩身上只有20多元钱。当时我想进军婚庆行业，便加了个婚庆的QQ群，正赶上行业年度聚会组织活动。我暗自窃喜，觉得是天赐良机，既能学点儿东西还能顺便找找机会，没准儿还可以认识朋友，于是当场就欢欢喜喜地报名了。但后来才知道，需要100元的活动费用。眼看着活动时间就要到了，我身上加起来还凑不出100元钱，心灰意冷之下，爽了约。因为放了别人鸽子，被群里的朋友齐齐说了一顿，有人觉得我太不守信用，有人开玩笑说我是去度二人世界了。我含糊其词，连解释都不知道该如何说起，总不能跟别人说，对不起，是我凑不齐100元钱。

那种感觉就好像一万根针扎在身上，不流血，但是钻心地疼。

日子就这么慢慢过去，我凭着自己的配音特长和小小的创意，开始了创业生涯。我开了一家淘宝店，做婚庆视频，起初生意很是惨淡，我不懂经营和店面装饰，只是一味傻乎乎地跟人家说："亲，我们的服务真的很好！"有几个顾客生生被我的豪言壮语吓跑了。我很有些沮丧，女友却总是盲目地鼓励我，使我一天天坚持了下来，境况居然真的渐渐好转，收入也逐步稳定下来。生意有了起色后，我一个人忙不过来，女朋友干脆辞了工作跟着我一起创业。

生活终于步入了正轨，我和女朋友再也不用在夏天汗流浃背地挤在一个35元钱的小风扇前，也再不用苦苦撑着等待发工资的那天才敢花钱。生活的窘迫离我稍有了一段距离之后，我向女朋友求婚了。我知道，即使自己再努力节省，如果没有这样的她在身边，生活或许仍然一团糟。

现在，我们结婚了，还注册了一个小公司，每月都有不菲的入账。

但是，依然辛苦。店里一年到头只有我们两个人，旺旺客服每天都要保持在线，生怕有漏了的单，偶尔休息也只能轮班。我们已经很久没有一起出去玩了，久远到记不起上次两个人一起去逛街吃饭是什么时候、是什么样的情形。就连我们结婚的那天，老婆化妆时，电脑都放在旁边，还在接单。

比起之前的日子，现在真的好了很多，想起高考完一脸彷徨的自己，父亲此时也为我感到欣慰。我和老婆如今又有了新的目标：在南京买房子。很寻常也很俗气的梦想。但是，我真的想给她一个真正属于自己的小家，这么多年，她为我付出得太多太多。我希望有一天她可以住在宽敞明亮的房子里，可以躺在阳台上晒太阳，可以在家里种满花草，可以睡到自然醒，可以不用听见旺旺的声音条件反射，可以快乐地享受每一天。

我相信，那一天会到来的。

▶ 想打劫的编剧大哥

2009年冬天，我经老师介绍去写一个剧本，他是合作编剧之一。因为相识时他在我们四人之中年龄最大，大家都称他大哥。

大哥是20世纪70年代末生人，戏文系科班毕业。他不爱说话，但是对剧本极其上心。据他自己讲，上学时他就大半夜拿着手电筒趴在被窝里写剧本，说梦话甚至能喊出台词来。交剧作练习，别人磨磨蹭蹭地勉强交出一份，他一口气能写三份。

毕业后，大哥很自然地做了编剧，不坐班的那种。他每天大门不出二门不迈，犹如小媳妇儿般一心一意地扑到剧本里。如果有谁喊他出来唱歌、吃饭、聚会……他想都不想，一口回绝。对大哥来说，唯有看电影、写剧本是正事，其他事情都是浪费生命的破事。

大哥每天窝在家里研究剧本，吃饭想的是戏，走路想的是戏，看电视、看孩子、和老婆聊天，永远都是戏。因此，我也只有在请教剧作问题时，他才有可能迈出他的“编剧之家”，出门和我聊几句。大哥从来不跟陌生人聊天，有一次我和他在一起遇到朋友，热情地为他俩做介绍。对方笑盈盈地朝他打招呼，但大哥面无表情地往后一退，眼神迷离地望着不远处，如空气般无视对方的存在。

我很不平，提出抗议，大哥却面不改色道：“浪费时间。”

只要耽误了大哥写剧本的工夫，他就不高兴。我请他看电影，他不高兴；请他吃饭，他不高兴。他一边对着我的剧本圈圈画画一边说：“你看看，这台词，是人话吗？！”“你这个剧本，三万字，一个字也不能用，回去烧了重写吧！”“你搞清楚人物性格了吗，专业课真是白读了！”“上次怎么跟你说的，朽木不可雕，咋还不转行呢？！”

大哥说话不留情面，所以没什么朋友。一半是他不爱搭理别人，一半是他好不容易开腔搭理的个把朋友，又全被他骂跑了。只有我，脸皮厚，好了伤疤忘了疼。

一次大哥说心情不好，老板谈好来签约却临时放了鸽子。我安慰他说，别难过，还有机会。结果大哥听完非常愤慨，发微信批评我。见我不服气，一个电话打过来，说：“你根本就没用心和我说话！你没搞清楚对方心里想什么！你不明白人物的内心，说出的台词就不对路、设计的动作就肤浅、戏剧结构就容易跑偏！你说，你刚才说的，那能叫台词吗？！”

我愣了半晌才反应过来。可是，我刚才说的，真的不是台词啊！

那时候我才明白，大哥没有生活，只有剧作。

认识大哥时是在上海，那会儿他初为人父，小孩儿才半岁，他跑出来赚奶粉钱。我们其他编剧原本就在上海，只有他特意从北京飞过来，而且非常水土不服，坐地铁直抱怨上海的地铁比北京复杂，说自己在上海跟白痴一样。

可惜那次的项目不太顺利，我们以散伙告终。大哥没拿到多少钱，还差点儿卷进官司。因为中途另一位编剧和老板之间纠纷升级，闹到了公安局。大哥原本可以带着钱走人，但是他没走，坐在沙发上教育我说：“圈子小，口碑很重要。”

大哥活不多，但是非常“有原则”。别人眼里抢手的署名机会，他不稀罕，甚至觉得，剧本如果最后被导演或是他人改得面目全非，宁肯不要署名。大哥对其他事有多无所谓，对编剧的事就有多在乎。

大哥家住北京通州，一个人与电脑、键盘朝夕相处。我来北京后，大哥决定“栽培”我，跟着他一起“大干一番”。他给我列出详细的时间规划，每天管理我的作息，几点起床、几点吃饭、吃饭多久、写几个小时剧本、如何写、如何修改……

那段时间恰好赶上元旦，身边的朋友吃吃喝喝、聚会K

歌，我在宿舍里咬文嚼字、痛不欲生，还要洗耳恭听大哥雷打不动的批评。他说：“这两年你一点儿长进没有，而且还退步了！”“我对你绝望了！救救我吧。”“这点儿苦都受不了当什么编剧，趁早嫁人！”“猪脑子，教你还不够我自己生气的！”

脸皮那么厚的我，有一次也被他生生骂哭了，再没回到电脑前听他指挥。

大哥的生活难度指数有点儿高，我意识到这一点之后及早放弃了。他非常恨铁不成钢。

在大哥眼里，所有的生活都是剧作，所有的节目都是影视剧。看电视，无论什么节目，他都能够自动转化为剧本创作。看《非诚勿扰》，他说：“这个节目最适合研究人物性格，看他们为什么灭灯、为什么爆灯，不能想当然地设计人物。”看《中国好声音》，他说：“唱歌和写剧本一模一样，要分层、要走心。别上来瞎煽情扯些没用的，真正唱得好的人能把故事融入歌声里，我们就把故事放进动作和语言里，自己别哭，让别人哭。”

大哥毕业十多年了，迄今也没有上过班，剧本创作几乎是他生活的全部，连和外行的老婆交流也是张口闭口剧本。大哥曾经求着老婆学编剧，软硬兼施，最终以失败告终。

大哥很少出门，因此我们见面的次数有限。有一次在快餐店，我们聊了一晚上，他请我吃了一碗牛肉面，说自己搬家了。

我很吃惊，说：“你不是在通州有房子吗，又买了一套？”

他说：“房子卖了，现在租房住。”

顿了顿，他接着说："联系的朋友少，活少，日子要过，孩子要养，剧本还得继续研究，就把房子卖了。"

我瞪大了眼睛半天没说出话，从前听说有导演为拍电影卖房子，遇到他后第一次知道，居然还有人为了写剧本而把房子卖了。

大哥看我一脸诧异样，很不屑地给我讲了个故事。他有个朋友，是个小演员，有两年没有接到戏。后来好不容易有一个人尽可演的角色，他为了得到这个角色，跑去请人吃饭，又为了试戏买衣服，最后共花去近10000元钱，终于拿下来这个角色，片酬是5000元钱。

我啊了一声，说："那不就亏了？"

大哥瞪了我一眼，说："亏了也得演！要保持出镜，否则就真完了。"

我问："那这两年可怎么活啊？"

大哥轻描淡写地说："站着活呗！""你看，人家现在还活着呢！"

他似乎有点儿生气我不够理解他。

大哥从此又消失在我的世界，活到他的编剧世界里去了。

再见面是很久之后，我在家里写一个喜剧，编不出笑点，快愁哭了，忽然想起了大哥。那时候他已经换了电话，我翻了半天邮件，忐忑地发了封电邮过去。结果十分钟后，他一个电话就打过来了，说："你遇上难题怎么不早找我呢！出来，吃个饭，聊聊！"

我一听，受宠若惊，一下就坐过了两站地铁。

没想到，大哥也坐过了站。许久不联系，他都不爱骂我了，一上来客套了两句令我非常不适应。然后他说：“很感动。你是第二个失去联系后还能再找我的人。”

原来，因为他的臭嘴巴，身边仅剩的朋友也被骂跑了，并且“黄鹤一去不复返，白云千载空悠悠”。

大哥好像又瘦了一点儿，给我讲了迟到的原因：他坐地铁，遭到执行人员搜查。于是他在地铁上得出结论，看上去像好人的，可能是坏人；自己一脸奸臣样，其实耿直本分，但是地铁人员却专门搜查自己。所以在剧本中构思人物，要有表里不一的设计。

他想着这件事情，就坐过了站。

大哥说，要时刻从生活中学习剧作。我连连点头，可是，大哥的生活和剧作是完全分不开的。明明我在跟他聊天，但无论我从政治、经济、生活、八卦……哪个话题开始聊，五六句话的工夫，就被他扯到剧本上去了，到最后我都想不起是要跟他说什么了。

大哥鼓励我恋爱，他的理由是：不恋爱写不好爱情戏。

大哥也承认，自己的生活只有剧作这一个主题，即使和老婆吵架了，他也要在静下心后从头到尾想一遍，理一理两个相爱的人究竟是怎样一步步吵起架的，希望有朝一日运用到剧作中去。

我和大哥平均每年见面一次，这个频率对于他见朋友算比较高的。大哥一直在剧作路上苦苦挣扎，可惜这两年接的戏，“写一个黄一个，接触一个泡汤一个”，他越发不爱见朋友。但凡出门，就是谈合作。

有一天在冷饮店，接到大哥的电话，语气沮丧至极，说掏心掏肺写了半年，却拿不到尾款，对方给结的一点点钱，交房租都不够，死的心都有了！

又说："孩子病了，治病的钱也拿不出来。幽魂一样在屋子里转来转去，翻了一天电话簿，找不到可以拨打的人。老婆不能说，她天天劝我转行；合作人不能说，他巴不得见我电话就挂；朋友都被骂跑了，只能和你说说。"

我听着有些难过，也有些出神。他忽然在那头说："要不然，咱去抢劫吧?！"

我差点儿一口被冷饮呛到。"可是，"他接着说，"你看看大街上孩子哭老婆叫的，一个个都不容易，你说我对谁下手好呢?！"

那是大哥最后一次联系我。当然，我相信他没有去抢劫，他只可能在写剧本。

我曾经问他："行业这么辛苦，不稳定，骗子多，你的人脉又少，没有打算放弃吗?"

他说："自己什么都不懂的时候都没放弃，现在好不容易摸出点儿门道，能放弃吗？如果重来一遍，还会这么选。"

有朋友曾经评价大哥，像他这种整颗心都扑进来有点儿"入了魔"的编剧，最终不是变成疯子，就是写得非常好、非常红。

希望编剧大哥的结局是后者。

▶ 油漆女工的爱情

大学毕业后，我回到家乡，在一所刚创立的培训学校当英文老师。我们学校主打的不是文化课，而是跆拳道、乒乓球、钢琴、舞蹈这样一些技能课程，学生都是些十来岁的孩子。

老板为了腾出更多的教室，安排长廊左边上课、右边装修。当然，不是叮叮当当的那种，当时还有家长来“陪听”课程，哪里肯让家长听到敲敲打打的声音？主要是粉刷，把灰溜溜、脏兮兮的墙壁粉刷一新，再摆上几个花盆。好歹收学费的时候，能让环境基本上对得起价钱。

所以那段时间，我们上课的间隙，总有一帮油漆工来干活。他们没有什么特别的，就是我们经常会见到的那种，每天穿着工装，戴着帽子，衣服上、身上常常沾染着油漆，白一块绿一块的，有时连头发上都有油漆，平时遇到估计谁也懒得多看他们一眼。

那时候我每天要去给他们送钥匙开门，因为其他同事都不屑于跟油漆工打交道，送钥匙的任务就交给了我。我倒不觉得什么，有时候反而会很享受地看着他们粉刷，像是在欣赏一门艺术。

油漆工几乎全部是男的，印象里只有那一个女人。我经常看见那个女的，不过30出头，总是默默地在墙角粉刷，好像也不是非常能干，有时候自己坐在一旁歇着。因为我每天都过去，她见了总会笑着打招呼，有时候还简单地聊聊天，就像是普通朋友一样。

那天我过去的时候，她正在一旁坐着，也不是坐着，就是靠着墙，整个人蹲在那里，感觉就要坐到地上去了。我吓了一跳，忙问她是不是不舒服。她笑了笑说没什么，自己身体不好，经常会头疼、肚子疼，干一会儿歇一会儿，从来都不是什么好工人。

这话我信。因为每次见她都是一副无精打采的样子，蔫蔫的。我曾想，肯定是工作太辛苦，或者是生活不如意才这般没精神吧。

因为后面我正好没有课，就陪她在那里聊天。她问我有没有男朋友，我如实沮丧地回答，刚分手。她问原因，我说："因为大学毕业，异地，他考上了家乡的中学教师，而我还没有合适的工作。他家里希望我也过去考个老师，但是我不愿意，最终大家妥协不到一起，就分开了。”

她听完想了想，说：“那算了，他不够好，你们不合适。”然后她跟我讲起她的故事。

她说，我每天都见到的那个戴蓝帽子的男人，就是她的老公，也是这个装修队的工头，两人结婚好多年了。

她指指自己，笑道：“你看，我身体常年有病，相貌也很一般，脾气还特别差，但是老公这么多年一直对我非常好。”

起初，老公是打算“养着她”的，不让她出来干活，在家里看看电视、种种花草。但她自己不情愿，非要出来和他一起工作。她觉得，每天工作八个小时、睡觉八个小时，如果不出来和他干活，在一起相处的时间就太少了。她说自己出来工作，不为其他的，就是愿意两个人多见会儿。

她老公对她，说“溺爱”似乎也不算过分。两个人几乎没怎么吵过架，她脾气差，老公就让着她，每次因为一点儿小事她刚想发火，老公就嬉皮笑脸地来哄她了，气都生不起来。而且，家里大大小小的事情都是她说了算，他什么都不让她干，做饭、打扫卫生、洗衣服这些活儿老公结婚前就包办了，拿她当个宝，生怕别人抢走了。

事实上，还真有个第三者，也不能算是第三者吧，是一个跟她老公一起追她的人。

当年，他们三个都是朋友，那个男人跟她的老公同时喜欢上了她。那段时间她一直举棋不定，考虑不出到底要跟谁在一起，因为两个人都对她非常好，而且知根知底。她现在的老公没文化，脑子却很灵活，当时“骗”她说：“你看，他学历那么高，将来你们在一起，他肯定得笑话你，说不定到最后他说什么你也听不懂，受欺负受骗了也不知道。我就不一样了，咱俩都一样，半个文盲，谁也不会瞧不起谁，在一起就是高高兴兴过日子。我想办法赚钱给你买想吃的、爱穿的，不是很好吗？”

另一个男人学历的确比他们都高，条件也好，但是老公那样吓唬了她几句，她就信服了，觉得自己就是个文盲，找个粗人才能过得舒服，于是没多久就表明了立场，选择了他。但是，那个失意的男人并没有因此放弃，对她说会一直等着他，而且一如既往地对她好，给她送吃的，提醒她天气……那时候老公也没有过多地干涉她和那个男人的接触，说他们还没结婚，他可以公平竞争，反正他爱她，也不怕输给他。

因为老公对自己一直很好，她也没有其他的想法，很长时间里，三个人都非常平和地交往。

后来，因为工作的原因，那个男人去了新疆，但是每周都会给她写信，问她过得好不好，家里发生的事情，也希望她详详细细地告诉他。她很少回信，因为她过得非常好。

再后来，她结婚了。结婚的时候，她给他写了一封信。告诉他不必再等自己了，她已经决定嫁给现在的老公了。她以为，那个男人可以因此放下她，但他没有。

男人还是坚持写信给她，信里每次都会说，如果他对你不好，你离婚了，我还是等着你，不管什么时候都等着你。

有一天，那个男人写的信件被她老公发现了，老公要来了对方的电话号码，拨过去非常明确地对他说，他们两人过得很好，不可能离婚，请他无论如何都要放下，不要再打她的主意了！

但是这招儿根本不管用，那个男人始终都没有放下，一直到现在。他们结婚已经近十年了，男人还是坚持给她写信，也没有别的出格的事，就想知道她过得好不好。

好像从头到尾，他们三个也没有翻过脸，所有的事情摆在明面上，各自按照自己的想法去做，除了那一次。

因为那一次她病了，独自在家难受。新疆的男人刚好打电话过来，得知她生病还是一个人在家，非常生气，当即就打电话到了她老公那里，劈头盖脸把她老公骂了一顿，将她老公喊回了家。

老公回家也有几分不高兴，说你下次病了，一定要打电话给我，不要打给他！然后又细心地给她煲汤，打热水洗脚。

她跟我说这些的时候，脸上带着少女一样的表情，不是炫耀，也不是自恋，有点儿无奈，又有点儿自己也不相信的迷惑。她一直强调说，我长得一般，脾气也坏，还是个病秧子，他们这样对我，觉得跟做梦一样。

顿了顿，她又总结说："小姑娘，我哪里都不如你，可是我比你幸福，找到了真正对自己好的人。"我一听，在心里默默地哭了个稀里哗啦。可其实我也知道，她口口声声说哪里都不好的自己，身上一定有着她自己都没有发觉的美好，才能得到两个人的痴情。

现在，她跟她的老公生活得很好，那个男人仍然独身，关注着她是不是幸福。其实她特别希望那个男人能够找到喜欢的人，结婚生子。毕竟，她没有琼瑶戏里那么浪漫，在她看来，过日子更重要。如果是她，不会为一个男人一直傻等。她也没那个能力等。

我问她，是不是因为那个人的压力，才让老公时刻具有危机感并且格外明白珍惜。她想了会儿说，也可能吧。但无论如何，她觉得特别满足，自己这辈子赚了，就算忽然得大病离世，都没什么好遗憾的了。

在那之前，我一直都没怎么注意过她所说的老公，那个个子不高的工头。第二天，我偷偷仔细看了看他，人有些瘦弱，但是非常精神，气宇轩昂地就走进来了，还哼着跑调的小曲儿，看上去心情不错。看到他，我完全能够想象得出，当年他对她说“咱俩都一样，半个文盲，谁也不嫌弃谁”的狡猾、得意的样子，忽然有些羡慕他们。

那天临走时，油漆女工安慰了我几句大道理，诸如“真正爱你的人是不会离开你的”那种话。我笑了笑，我不知道将来会遇到一份什么样的感情，也不愿猜想。但那个下午，我真真切切地为油漆女工高兴，她这一生，拥有了这样一份“赚到”的满足。

▶ 毕业那年徒步去拉萨

2012年我大学毕业，毕业前的散伙饭上，我跟同学说打算徒步去拉萨。他们送我三个字：神经病。

但那个7月，我还是背上行囊出发了。我揣着实习攒的3000元钱，背了帐篷，旅行包里塞满了各种出门必备的物品：衣服鞋帽、洗刷用品、压缩饼干矿泉水、感冒药，甚至带了馒头。

收拾好行李，我到老杨家转了一圈。老杨是我从小玩到大的兄弟，但是腿有残疾，只能坐在轮椅上。老杨画了幅自画像，叫我把这个“他”也带去西藏走一趟。

出发前，我还特意找了算命先生。老人眼睛快睁不开了，悠悠地说我八字过硬、不同凡人，西去的路上定会畅通无阻。

果然，我的确不同凡响，不该遇到的全遇到了，半路恨不能雇几个小孩砸他老人家的脑门儿。

从四川出发，刚到雅安就遇到一位慈眉善目的老大爷，热心指点我去318国道的方向。但不知是他听错了还是指错了，我迷迷糊糊地走向了108国道，白白走了三个小时，遇到一群跟我一样走错路的人。

记忆深刻的是一个叫西瓜的深圳妹子，从成都到康定一路都是裙子配高跟鞋走过来的，说要用自己的方式去拉萨。高跟鞋的后跟虽然不是特别高，但是能在斜坡健步如飞不喊累的，我的确是第一次遇到。后来在康定离别之后，听朋友讲，最后她除了裙子换成羽绒服之外，高跟鞋一路穿到布达拉宫。

剩下的就是老狼、我跟道哥。道哥之所以有这个绰号，是因为他长得像《疯狂的石头》里的道哥，胖乎乎的，眼睛眯成一条线，外表猥琐，内心放荡，唯一一件宝贝就是内存8G的山寨iPad版MP5，里面装满了各种岛国爱情动作片，一路上不住地给我们讲成人段子，说话时总是一句一个蛋疼。

去往理塘的路上，偶遇两只四眼狗路边交配，藏区的野狗都长有藏獒般的眉毛，当地人把它们称作四眼狗，生性凶猛。这种事情正中道哥的胃口，他兴奋地掏出相机，奋不顾身地冲过去照特写，只听咔嚓一声外加一闪光，瞬间惹怒了四眼狗，我们还没等回过神来，道哥已经被扑倒在地。我们赶紧抓起石头打狗，但慌忙之下，石头没扔到狗反而撒了道哥一身。

道哥很快被警察送去雅江医院，临走跟我们说的最后一句话是：“以后再也不蛋疼地开闪光了。”

我跟老狼继续前进，理塘到巴塘，100多公里，天已经半黑，身上所有吃的也都送给了藏族小孩，饥肠辘辘之后便是绝望，以为要光荣地露宿在大草原。就在这时，我忽然发现远处几个藏族牧民在搭帐篷。我俩像是看见了救星，厚着脸皮准备去借宿，但还没等把扎西德勒喊出口，一位藏族大哥就径直走过来说：“前面有贼的嘛，太晚了在这儿住下的嘛。”

我们愣了愣，边道谢边迫不及待地进了帐篷。放到以前，我必定会想：哪有这么好的事？有阴谋！但大哥一脸纯朴，实在无法勾起我的“被迫害妄想症”，何况，旁边还有俩小孩和一个老婆婆！

一位藏族妇女正坐在草地上生着炉子，应该是他的老婆。藏族大哥跟老婆嘟噜了一段藏语，我们猜测那意思是：家里来客人了，今晚上住咱家。妇女连忙起身，怕我们坐不习惯草地，把她们睡觉的床单铺在地面让我们坐，又去给我们打水做饭，做了个土豆丝炒牛肉。

之前在路上，我就两个愿望：一是吃顿热腾腾的饭，二是有个地方睡觉，遇到藏族大哥忽然一步到位全实现了，我又开始默默怀念算命先生。当然，不能白吃白喝，我从背包里掏出山东的泰山烟递给他们，藏族大哥抽了一口，特别憨地说了句：“这东西好的嘛！这是什么地方的烟嘛。”我说山东，他没懂，又问山东啥地方。这下我不会解释了，就说北京。他们顿时恍然大悟：啊！北京好，北京好。说完小心翼翼地把空烟盒塞进口袋里。

藏族大哥叫吉姆，他两个儿子一个叫贡嘎，另一个叫桑耶，名字都是找当地活佛起的，两个名字都是西藏神山。吉姆大哥说他们是平民没有姓，只有贵族才有姓氏的延续。

他们的三个帐篷里住着全家族的人，几个人都给有钱人放牛。老狼一听他们生活艰难，二话没说把我们背包里的药品，甚至连洗发水沐浴液都送给了藏族大哥。当时我俩都很激动，把包掏了个底朝天，以致随后的几天却因为连感冒药都没有吃尽了苦头。

吃过饭，贡嘎跟桑耶两个小家伙在摔跤，藏族大哥拉我们去跳舞。我这辈子从来没想过能在青藏高原上扎营睡觉，更没想到能在草原上跟藏族牧民一起跳舞。老狼兴奋地趴在草地上打滚，我也恨不能跳得老高，还给老杨打了个长途电话，得意扬扬地说："我和藏民在跳舞呢，你听听！"

晚上入睡，外面下起了大雨，被子不够用，吉姆大哥就把被子盖在我们身上，自己铺着大衣睡。我们不肯要，他却根本不容推托，说自己："不要紧的嘛。"

虽然那夜风大雨疾，我们仍然睡了饱饱一觉。清晨，半梦半醒的我迷迷糊糊一个转身摸到了小花，才想起来，自己躺在草原上呢！我叫起老狼，准备不打扰藏族大哥偷偷走，却发现吉姆的妻子早就忙碌起来，原来他们怕我们路上没东西吃，特意做了几锅饼，热情地往我们包里塞。

在我的记忆中，不善言谈的老狼哭过两次。那个清晨，他边哭边大声喊着扎西德勒，一步三回头地和藏族大哥一家告了别。我们抬头看着远处的雪山、无尽的草原，还有带给我们无限温暖的白色帐篷，心底感慨万千。这些朴实善良的人，我们永远没有机会再见面了。

我和老狼继续往邦达赶，遇到了一对搭车的小情侣——小刁跟丹丹。他们是从青岛学校门口搭车一路过来的，说是为了去珠峰大本营私订终身。这让我跟老狼羡慕嫉妒，我总不能跟老狼牵手去珠峰吧。

到邦达时已经晚上10点多了，所有宾馆都满员。我们打算在公安局门口搭帐篷，小刁忽然提议说："不如今晚咱们花钱雇车去八宿，来一个夜闯怒江72拐！"

怒江72拐又称川藏99拐，海拔最低处也3000多米。小刁话音刚落我们就一片欢腾，四个人互相笑眯眯地看着对方：果然，都是爱刺激的主儿。无论是徒步还是单车来西藏的，几乎没什么人敢赶夜路，更别提怒江72拐。我们打算冒险试试，但在当地找了一圈人，根本没人敢出夜车。这时走来一大叔，问："去八宿的吗，我这儿出车。"

大叔开的是丰田大越野，我们特别激动地上了车，但刚坐下我就后悔了。因为我突然发现他方向盘上不是丰田标志而是江准。更惊悚的是，司机居然边开车边喝啤酒，酒味扑了满车。我假装关心地说：“大哥，喝酒可对身体不太好啊！”司机却憨憨地回了句：“没事，刚才两杯白酒早下肚了，过个小拐很轻松。”说完，他打开音乐，一个加速开到80迈，吓得我和老狼汗都快出来了。

进了72拐，山上下着大雾挂着小雨，司机大叔扎西却丝毫没有减速的意思，一听音乐就兴奋，连拐弯都是60迈。毫不夸张地说，当时视野也就五米左右，扎西大叔不时刹车再喝两口啤酒，若无其事地回头跟我们聊天，方向盘看都不带看的。我跟伙伴们面面相觑，老狼忍不住在手机上敲了几个字给我看：“兄弟，咱们几个今晚可能得留在这儿了！”

我脑海里瞬间想起父母、同学以及这20年里无数开心的事。我这个曾经天不怕地不怕的90后，终于知道了害怕的滋味。我闭着眼睛祈祷：以后绝不奢望能有豪车、好工作，只要能让我活着回家就行，一定好好过日子！

睁开眼，我发现小刁不时地摸我大腿，估计他是快哭出来了，两眼直勾勾地看着司机扎西大叔，憋半天说了句：“叔，咱开慢点儿就行，我们不着急。”扎西挥挥手说：“不要害怕，你们听说过十八军吗，当年十八军进藏领头车的解放军手把手地教的我爷爷开车。我们家族的技术很棒的嘛！不信我给你来个漂移嘛！”

话音刚落，一个急拐弯，坐在车里我都能听到轮胎与地面剧烈摩擦的声音，感觉小命儿当场被甩出去了一半。我绝望了，打开手机写短信："爸爸妈妈，孩儿不孝，欺骗你们说是去四川玩，玩着玩着玩到了西藏，以前总是惹你们生气不听话，把我抚养这么大却没有报答你们。对不起，爸爸妈妈，爱你们！"

因为当时根本没信号，短信写好了就存草稿，打算出事的那一刹奋不顾身地把手机扔出去。

这条短信我一直保留到现在。大半夜在72拐看着醉驾大叔玩漂移的感觉，比坐过山车刺激得多，大概是我这一辈子都忘不掉的回忆了。

扎西大叔一路情绪高涨，边开车边跟我们讲当年每修一公里路都会死一个人，不时还用闪光灯照下拐角处的警示牌，警察提醒您此处葬身多少人、出了多少起车祸。

一个小时之后，车终于从72拐下来，水管喷车底部刹车片时，顿时升起一团蒸汽，可想而知我们这趟越野车坐得有多刺激。车安全抵达，我跟老狼松了一大口气，感觉捡回了一条小命。正当我们回忆刚才凶险时，忽然发现少了一个人：丹丹居然睡了一路，醒来之后还说做梦梦到荡秋千……

从成都徒步走到拉萨，走走停停折腾了一个月，风景真的很美，更难忘的却是屡次的惊心动魄，72拐这种有惊无险其实隔两天就遇到一回。一路上，我认识了曾经绕着中国边境走了一圈的王哥，落户尼泊尔的狐狸，还有道哥、老狼、丹丹……当我终于到了布达拉宫，高举着老杨的画像请朋友拍照时，感觉头顶的大太阳仿佛直照进了心底。

走在去拉萨的路上，我曾经哭着想回来。可是回来后，又在心里哭着想重走一遍。那种感觉有点儿复杂，但我想，每一个徒步走过拉萨的人，都一定明白吧！

▶ 失而复得的男闺密

高中开学第一天，在餐厅排队打饭，他站在我后面，小声敲着饭缸、哼着歌。排到我时，他用一种奇怪的语调念叨说："终于轮到夏同学了啊！"

所以，他给我的第一印象并不好，不高不帅，戴着眼镜，却一点儿都不斯文，聒噪得很。但也不知为什么，就是这样有点儿讨厌的家伙，在班级里竟和我关系越来越好，无话不谈，他曾经暗恋的女孩我知道，我那会儿花痴过的男生他也见过。虽然，他总是批评我眼光差。

他嘴里没有什么好话，有时课间从我身后的过道经过，会很无耻地说："呀，夏同学让一让啊，你的屁股挡着我的路了！"我又脸红又生气，气鼓鼓地不理他。但到了晚上，他会忽然变出袋KFC

（肯德基）鸡腿来塞给我，说是老妈带来的，自己不爱吃。

很惭愧，那些年他妈妈看望他带来的好吃的，似乎都填进了我的肚子。

除了嘴巴臭，他的性格还算不错。有时候上课前我发觉忘了带课本，向他求救，他会直接把自己的书扔给我，然后飞快地跑去外班借。以至于有一段时间，我把好多书扔在宿舍，也不管上什么课，到时候直接管他要课本，而他也无所谓地每节课前都跑去借。

那会儿我成绩不好，几乎每周一哭。考得差要哭，被老师骂要哭，卫生没打扫好被扣分要哭，觉得高考本科无望也要哭。现在想起来，真是惨不忍睹的丢人回忆。而他特别喜欢讲笑话。晚自习课间，他会喊我去楼下吹吹风，说不要被考题烧坏了我本来就愚笨的脑袋，然后给我讲笑话，我笑了他就笑我笑点低，我不笑他就笑我智商不够没听懂。偶尔，他什么笑话也不说，一首接一首地唱歌。他唱歌很好听，我笑话他说，虽然你很丑，但老天给了你副好嗓子，也算待你不薄。他死不承认，纠正我说自己是“偶像派”。

周末的晚上，我们从校外游荡归来，我的抽屉里往往会多出件小礼物，有时候是热乎乎的烤地瓜，有时候是个小铃铛，也有时候是几张书签，不用猜就知道是他送的。记得高二那年生日，我收到了许多礼物，但仍有点儿郁闷：因为他没有送。这个该死的家伙居然忘记了我的生日？我有些不甘，他也不肯来和我说话。到了晚上，我放弃了，他忽然气喘吁吁地递给我一本书，说是没吃饭跑去买的，然后笑嘻嘻地问我，最后一个送礼物的人是不是会印象更深刻啊？我憋了半天，终于乐了。

我们高中时有两个校区，在马路两边相对而立，高一高二在本部，高三作为最煎熬的一年在新校区。两个校区之间有架天桥，我们每天从上面穿梭。要命的是，我们的宿舍、食堂都在本部，只有教室在新校区。因此每天从新校区放了学，再跑回本部买饭时都只剩下一些“残羹冷炙”了。高中的莘莘学子可能压力太大，学习太拼命，吃起饭来也个个很拼命，没多大会儿工夫，新上来的一锅菜就被一抢而空。而我们又不许去校外买饭，因此每次放学不是吃别人挑剩下的差菜，就是干脆泡泡面。

记得高三毕业前，刚入夏，有一天听同学们叽叽喳喳，说学校食堂今天要上西瓜，一块块长长地切好，单卖。当时我们都很动心，可随即又有人说：“算了吧，我们离食堂那么远，就算是百米冲刺我也抢不到，除非是逃课！”

那天傍晚，我困在一道题目上固执地没下去吃饭，听到有早早吃完饭回来上自习的同学在议论，说他一放学就冲出教室，原来是为了抢西瓜，如何如何。我一愣，心想这小子果然是在吃上面动力无穷啊！

写完了题目，我正准备下楼，这时伴随着大家的一阵笑声，他忽然从同学的包围中冲了进来，手里抱着一块鲜亮亮的西瓜，很是诱人，然而就在大家的注视中，他径直将西瓜放到了我的桌子上。我一愣，同学们羡慕得炸开了锅。他乐呵呵地一句话没说就回到位子上去了。

我看着西瓜，心里又惊喜，又温暖。其实，在同学们坏坏的眼神里，我也不是没有想过，但是随之又打消了那个想法：他是绝对不会喜欢我的。因为太熟悉了，而且，他跟我说话从来没有什么脸红心跳的神情，每次都是一脸不屑。

所以我认定，他就是自己的男闺密。虽然，当时根本没有男闺密这个概念。

他是个善良的男生，当时他有位室友来自农村，家境不好，总是买最便宜的饭菜，有时候咸菜一次打两份。他每天都和那个男生抢菜吃，故意装作很爱吃那个男生的便宜菜，然后把自己的荤菜扔给人家。

毕业前，家人开车来帮我拉行李。因为家长不能进学校，我搬家的任务就落在了他身上。我的书顶三四个人的行李，单课外书就一大摞。他帮我把一箱箱书抱到校外，来来回回好几趟才折腾完，到最后汗流浃背地骂我：小心以后成书呆子！

送完书，我习惯性地对他手一挥，说：“你的任务完成了，拜拜！”他也习惯了我的简单粗暴，转身和我家人打个招呼就走了。但随即我却被父亲批评了一通，因为他帮了这么大的忙，原本父亲还想请他吃饭的，叫我一挥手就赶跑了。父亲说：“怎么这么没礼貌！”

我一愣，因为是他，早就忘记了我们之间也需要礼貌。

就那么毕业了。毕业的最后一天，他送我到车站坐公交车，上车的那一刹那，我心里忽然莫名地想：以后再也不会有个男生对自己无条件地这么好了吧。

高考考得不怎么样，我在家里默默地收拾东西，有很多高中的小字条，扔不舍得扔，放又不知道怎么放。那些字条有很多是他上课时传来的："夏同学，你歪歪脑袋，挡住我啦。""夏同学，放学打算吃什么啊？""夏同学，你这次考了多少分啊？""夏同学，你这件衣服真丑啊！"

可是，夏同学终于不再是他的同学，进入了另一个班级。

大学里，因为高中玩得太好，很长时间我融入不进去，依旧守着老同学过日子。大一时大家还没有手机，室友都说，那部座机简直是我的专线。很多高中同学打电话来，他每天至少打一个。

后来才知道，是那帮老同学们叫他那么做的。

因为大家都知道他喜欢我，只有我还不知道。甚至大家都猜测到了可能的结局，但还是制订了计划，叫他每天打电话、每周写信、每次回家见面。

他的父母认识我，我的父母也认识他。两个人太熟了，以至于每次假期，他的父母会问："那个大眼睛的姑娘这次没来玩啊？"而大学毕业后很多年，我父母偶尔还会聊起来，说："那个戴眼镜的小子，怎么好久不见了呀？结婚没有啊？"

但是我没有说，很长时间里，我们都不太联系了。

大二下学期，很平常的一天晚上，接到他的电话，他整个人状态晕乎乎的，告诉我喝了酒，问我能不能在一起。

我握着电话愣在那里，这怎么可能呢？

但他居然是认真的。那一刻，我不知所措，大脑飞快地旋转着，想着到底该怎么回答他。我心里想拒绝，却害怕失去这个朋友，一句拒绝的话也说不出。我不知道怎么回答，就那么握着电话死一样地沉默。半晌，他有些结巴地说："好，不用说了，我已经知道了，没关系。以后还是最好的朋友？"

我忙答应。没过多久，他又打来电话，说刚才挂了电话就后悔了，因为一直不敢说，被舍友骂，被老同学催，打电话前被同学踹出宿舍，去喝酒壮胆，但还是很失败，想要收回最后的话，想要等一个答案。

他从前是个骂人特别利落的人，但是那天晚上一直支支吾吾、结结巴巴，而我也傻傻地完全不知道怎么回答，他只好又挂了电话。

挂完电话没多久，他又打过来，说挂了电话又后悔了。说他明白了，之前同学也早就想到了这样的结果，现在没事情了，以后还是和从前一样。

电话终于挂了，那个晚上我一直发呆。回想起高中，原来自己才是那个傻瓜。

两天后，他又打来电话，很兴奋地问我，有没有在QQ上给他留言。我如实回答，没有啊。他忽然愣住了，语气也变了，说知道了，没事了。我问怎么了，半天他才说，上午室友用他QQ号去网吧玩，弹出一条消息：我做你女朋友吧。但是刚开机就不小心死机重启了，也不知道是谁留的言。

他当时一听，觉得肯定是我，但没想到不是。我开玩笑说是不是有谁暗恋你?他有些低落，说知道了，是谁已经无所谓了。

那之后，我们试着像从前一样，打电话、通信、见面。可惜，有一两年的时间，再也没有办法回到从前。聊天的时候会尴尬，玩笑也不敢随意开，就这么渐行渐远。我谈了恋爱，他谈了恋爱，我分手了，他分手了，我和老同学失去了联系，他和老同学失去了联系。我们毕业，又工作。

很长时间里，我不再主动联系他，但他说，不想放弃这样一个朋友，依然断断续续地打电话来，说着不痛不痒的话。

我不曾想到的是，在过了很久很久之后，我们居然又回到了曾经的状态。而这个过程，似乎比高中三年还要漫长。那段过去终于不再尴尬，他也遇到了心动的女生，恋爱，结婚，生子。

我们不再像从前通话那么多，却依然什么都可以聊，即使好久不联系，也不会有任何的隔阂。这中间有个小小的插曲：他的闺女，和我同一天的生日。女儿出生那天他来电话说吓了一跳，如果不是你健在人世，差点儿以为你转世投胎来了。

我一边笑，一边骂他，心里又生出小小的庆幸，幸亏他脸皮够厚，心怀够开，没有丢掉我这样一个不怎么样的朋友。以至于在今天，还可以有人和我肆无忌惮地开玩笑，也可以有人和我一起聊聊曾经的老同学和旧时光。

▶ 乞讨者

我曾经好奇，乞讨者的世界是什么样的。于是有段时间我出门会特别留意乞丐，甚至上前和他们聊天。

（一）

他是我正式聊过的第一个乞丐。两年前，我和一位怀着同样好奇的女孩一起，约好在某地铁站会合，然后边走边寻找乞丐。

没想到的是，刚出地铁就看到了乞丐。我愣在那里，戳戳同伴，问到底要不要上前搭话。

这个乞丐看上去有一点儿令我们害怕：头戴白色塑料袋，身上裹了两个硕大的黑色塑料袋，席地而坐，手拿一份报纸，口中念念有词，又像是在骂人，不时吐几口唾沫。

犹豫了片刻，我和朋友终于把心一横，走上前去。话题从他身边散落的无数报纸开始。

“好多报纸啊？”我说。

随着这个很傻的开场白，我们小心翼翼地上前，一面蹲过去，试图和他拉近距离，一面轻轻翻着他的报纸，等待他的反应。他对我们似乎没有太多排斥，不屑地扫了一眼，然后问：“你们是学新闻的大学生？”

我一愣，没想到乞丐居然知道报纸和新闻专业有关，之前我以为他根本不认字，报纸不过是个道具而已。但很快，我就发现自己错了。在确认我们了解新闻之后，他开始询问新闻专业如何细分、记者是不是专门要分出来、体育新闻是不是专门要分出来。

我一一回答，然后他指着手中的报纸为我们讲解当天的报道，说哪篇写得如何、哪篇写得不怎么样，一副媒体评论员的样子。

我们很惊奇，问他为何这么熟悉新闻。他回答说：“我的生活就是看报纸，饭可以不吃，从垃圾桶里随便翻点儿东西就能填肚子，但报纸每天都会买！”

他住在地铁站旁，每天坚持买三份报纸：《新京报》《京华时报》《参考消息》。随后，他还为我们一一分析了这三份报纸的区别，相对来说，他觉得《参考消息》更权威一些。因为每天看三份报纸，他对所有时事都很了解，易建联如何如何了、哪部电影要上映了、韩寒最近又说了什么话，再点评一下某某政策。他说，三份报纸每天全翻一遍，翻完当天随手扔，第二天再买，感兴趣的新闻就多看几遍。

他说话不太清楚，声音有些激动，语速很快，还有个口头禅是“呀么嘿”。我们问他每天都有钱买报纸吗，他有些生气，说报纸才几个钱，这点儿钱他还是有的，大不了不买饭。

他告诉我们，他中学毕业，养过猪卖过猪、卖过电脑、做过建筑工人，后来觉得没意思，选择了这条路，觉得洒脱。他不喜欢有钱人，觉得他们“罪恶多”。他旁边地上的讨饭缸旁写着张字条，大体意思是：不接受有钱人和崇尚金钱的人的施舍，恕不解释。

他读过很多书，《简爱》《钢铁是怎样炼成的》《红与黑》……都是中学那会儿读的。他和我们谈孔子、孟子，谈《道德经》，也谈韩寒和李敖，他更喜欢后者。聊起一些言论、著作，他不时纠正我的记忆错误，让我有种情何以堪的感觉。也谈了金庸，我说：“你还看武侠呢？”他极不屑地说：“多正常。男的看武侠，女的看言情。”

渐渐有人围了过来，看两个姑娘和一个乞丐相谈甚欢，以为是记者采访。但是，虽然围了一圈人，除了我俩几乎没有人听得懂他在说什么。乞丐说话含混不清，而大家也没有真心在听，瞧热闹而已。甚至有围观的姑娘问乞丐：“你是什么学历？博士？”我默默地想，这姑娘是有多恨博士啊。

但乞丐根本没有理会别人，继续跟我们聊电影。他看过不少片子，有时候会去网吧看，也逛论坛，他常去的有天涯、猫扑……

他什么都能跟你聊，只是坚持不肯告诉我们他的家乡和年龄。谈话间，他不时重复一句马克思的话：“资本来到世间，从头到脚都滴着血和肮脏的东西。”这么说的时候他有些激动，面部轻微抽搐，手微微发抖。

他确实不喜欢有钱人。他说和我们聊天，是因为觉得我们是穷学生，不太讨厌。

他坐在地上，我们蹲着，后来我们两个蹲累了，他就把报纸递给我们坐在身下，继续侃侃而谈。聊到中午，我和朋友去吃饭。回来时，朋友给他买了个饼，我给他买了瓶水回来。

刚到地铁口，看到两个保安站在那里，还有人围着指指点点。我们以为出了什么事情。一位保安指着乞丐说：“那是个神经病，你们离他远点儿，会抢女孩子的包和吃的。”我有些诧异，问他见过乞丐抢东西吗。保安没有回答，只是重复说他是神经病。

可是因为带了点儿吃的，终究还是过去了。还没凑到面前，乞丐就笑呵呵地跟我们打招呼，我刚将纯净水拿出来，他就连连摆手，有几分不屑地说不要。朋友看他坚定又不太乐意的模样，忙把掏出的饼又放回了包里。

我们看着他的神情，猜测他的意思是：已经熟悉。已经不再陌生，还可以聊聊天。你们不必可怜同情我。我有工作。我是乞丐。饿不着。

于是我们离开了。

（二）

他们是一对老夫妇。地铁上经常会遇到的那种，女的偶尔唱唱歌，乞讨点儿钱。

我注意到他们，是因为那天傍晚，那个老太太的歌声实在蛮动听的，似乎是一首民歌，嗓音很独特。

老太太是个盲人，丈夫在一旁扶着她往前走，她脖子上挂了个收音机。我给了他们一点儿钱。因为恰好在同一站下车，又上前说了几句话。

刚开始他们没明白我的意思，丈夫告诉我他耳朵不太好。但他记得我刚刚给了钱，不住地在说感谢。他们走到一个较安静的角落，我问刚才唱的是什么歌，丈夫说他们自己也不知道，因为女的喜欢唱歌，就给她买了个收音机，她自己听到什么就唱什么，而且唱几句，对乞讨也有点儿用，人家会愿意给一点儿钱。

他们两个60岁左右年纪，男的说自己要大一点儿，河南人，在苹果园租了个非常便宜的房间。

我以为他们没有子女，但是他们告诉我，有两个孩子，来北京乞讨的目的，是要给小儿子买房子结婚。

小儿子在很远的地方工作，我忘记是新疆还是内蒙古了，收入不高，似乎十几岁就出去工作了。女儿已经成家，但是家里非常穷。他们年纪大了，怕儿子将来没有钱，买不起房子、娶不到老婆。

丈夫说，来了两年了，再过两年，走不动地铁了，就回家。他说生活比在家乡时好，总是能遇到很多好人。昨天在苹果园，有人给了他们一袋菠菜。正是下班的时候，他们要回家做饭了，我不便再打扰。丈夫却邀请我有时间去玩，还给我留下了电话。

我有些意外，记下了那个号码。那个号码我只拨打过一次，当时好像正好要过什么节日，他们在电话里说，正在收拾东西，准备回老家过节。

很久很久之后，我又在地铁上看到过两位老人一次。老太太已经不太唱歌了，她偶尔唱两句，然后不停地咳嗽——我有点儿难过，她的嗓子坏了。

（三）

最后这个故事，是村子里的老人给我讲的。老人现在过得很好，住在宽敞的楼房里，衣食无忧，子女都在事业单位上班。她给我讲的乞讨故事，是几十年前的事情。

二十世纪五六十年代，那时候她不过10来岁吧，住在农村。村子很穷，那两年天气又不好，村子里发了涝灾，全村人都没什么收成，闹饥荒，甚至有人被饿死。当时她家里早已吃得山穷水尽，挖野菜，煮草种子，掺着树皮熬汤喝，实在没办法了，就决定去讨饭。

春天播种，秋天收割，冬天她就跟着父母和姐姐、弟弟、妹妹去要饭。她记得临行前，亲戚烙了好多饼，给他们带在路上吃，撑了好几天。

讨饭要去很远的地方，有的人家花几分钱买车票坐着那种大卡车去讨饭。但她家连坐车的钱也拿不出，父亲只能带着全家人一直走。出发前，父亲卖了一车草换来了微薄的盘缠。

父亲推着辆小推车，上面放有简单的被褥，包裹着年幼的弟弟。裹了小脚的母亲和姐姐、妹妹跟在后面走，她则在前面拉着小推车。本来一刻不停地走路就已经够她受了，可她还要拉车，经常在夜里睡觉前偷偷地哭。早晨公鸡打鸣时，天蒙蒙亮父亲就叫醒大家，弟弟、妹妹又是一顿哭，大家哭得眼泪鼻涕一把抓，一路沿街乞讨。

讨饭就像流浪，走到深夜，只能睡在公路边。铺好被子躺下，车不时从身边疾驰而过。有一次，深夜，父亲还在推着弟弟带着全家赶路，但是路太黑，前面有辆汽车直直地驶了过来，眼看就要撞上，父亲大吼一声，把弟弟猛地摔了出去，汽车连忙刹住闸，才避免了一场车祸。

还有一次，父亲推着车过一座小桥，桥下是十几米深的河流，父亲走得踉踉跄跄，险些把弟弟掉到桥底下。

要是进了村子，大家可怜他们，就会有人端来一碗水，也有人拿来小半个馒头。挨家挨户地讨饭，在门口喊一句，等两分钟，没有人出来就走。什么人都遇到过，有小孩的家庭往往善意些，会给地瓜吃，也有人什么都不给还放狗出来咬，吓得弟弟、妹妹号啕大哭。还有一次，她和妹妹去讨饭，被一个男人生生骂了出来，哭了一路。那天晚上，他们靠着一户人家的磨坊休息。母亲叫她去帮忙推磨，她当时已经快站不住了，却还是跑到磨边靠上去，可一点儿力气也使不出来。那家人看她可怜，没让她推磨，给了他们一点点粗面粉。

就那么走了大半个月，母亲脚上全是泡，妹妹的脚指甲都不知道什么时候磕掉了。

来年则好了许多，讨要到很多地瓜干，生的熟的，再好一点儿的有玉米饼，过年的时候，还有人给水饺吃。豆腐菠菜馅儿，她现在还记得，从皮外面就能看到里面的绿，好吃得不行。如果赶上别人结婚，还有汤喝。

那时候，他们住在一户人家在河沿丢弃的屋子里，那家人没儿没女，但家境尚好。她全家和他们夫妇相对而住，日子好了很多。可是临走时，那对老夫妇想要留下妹妹，说他们家里这么多姑娘，留下一个妹妹刚好。

妹妹吓得大哭，那时候她还不到10岁，哭到深夜，终于想出了办法，自己清晨早早跑掉，在村子的路口等着全家。第二天一早，老夫妇问妹妹去了哪里，大家都说不知道。大概老夫妇也明白，孩子是强抢不来的，终究没有再为难，叫大家走了。

一晃就是几十年。今天，她住在城市里，邻居的老人喜欢戴戒指、项链，她却什么都不稀罕。她的老母亲健在，已经有百岁了，是村子里最老的老人。遗憾的是，当年推车的父亲从来没能过上一天好生活，早早地离开了他们。她说，父亲当年去地里打草，鞋子也不曾穿过，每天回到家，脚上腿上划得到处是血印。

说完，她忽然红了眼睛，转身去了屋里。

▶ 相亲对象是修手机的

我的大学是在南京上的，毕业之后就理所当然地留在了南京，找了一份安安稳稳的工作，开始过起了自己的小日子。但也不知道是怎么回事，好像前脚刚刚迈出了学校大门，后脚就自动弹出好几桌亲戚，捧着成打的适龄男青年来追着让我去相亲。

因为老家在盐城，离南京近，所以基本上逢了假期就往家跑，可以预见的是，每个回家日也自然而然地变成了相亲日。当时才步入社会，拿着微薄的工资，也舍不得买衣服，可能我也不是个爱打扮的姑娘吧，身上穿的来来回回都是数得过来的几件。而且我还有个习惯，就是回家的时候会把自己不想穿了的衣服穿在身上带回家，省得行李太多不好拿。

所以，我每次回家的时候，基本上都是灰头土脸的，穿着那些即将被淘汰掉的不合身的衣服，看起来就跟从垃圾堆里捞上来的一样。连邻居家大婶有一次都忍不住来跟我说：“莉啊，女孩子还是要稍微打扮一下的，你看你这样，哪像是在大城市混的样子。”

要知道，这可是三流城市里城乡结合部小镇上一个50多岁的大婶啊，她都非常明确地表示嫌弃我了。所以我一连相了若干个，都没什么下文。当然，也不全是没看上我的，只是当时我对相亲这件事也没什么特别的兴趣，大概觉得自己还不是标准的“大龄剩女”吧，所以态度一直模棱两可，叫我见面我就去见，每次见完便永不再见。

后来，有一次“十一”放七天假，我明确地得到了要回去相亲的指令，但还是跟同学跑去常州玩了一圈，10月2日才磨磨蹭蹭地回到家里。而那个相亲对象，因为有事要提前回南京，所以，我们只有2日上午这么一个交集。

对于相亲对象的身份，家里只给我说了几个字，那就是：修手机的！

好吧，修——手——机——的，这个工作让我的脑海里立马浮现出了丹凤街门口的摊贩。虽然觉得有点儿滑稽，猜测又没戏，但最终还是答应了见面，看一眼嘛，又不会怎样。

那天我也不知道发了什么神经，穿了一套上周跟同学在上海买的新衣服，我清楚地记得是一件蓝色的上衣和一条白色的裙子，还有一双香槟色的高跟鞋，隆重得自己都有些诧异。到家时大概还不到9点，嫂子就把我拖进屋涂脂抹粉地一番捯饬。以前我都会反抗的，那天真的很邪门儿，我开心地接受了，还挺主动。或许心底根本没抱任何希望，反而能够轻松上阵吧。

然后一堆相亲的人就浩浩荡荡地开进了我家，镇子小，家家户户都认识，要来就是一大堆人，我第一眼看见那个男生就觉得很眼熟，一定是在哪里见过的那种感觉，又觉得他长得很像我的小学同桌，但又绝对不是他。

所以从一开始我就沉浸在这个问题里不能自拔，也没心情搭理他，他说的什么也没认真听，就一个劲儿地低头闷想这家伙到底是谁。后来可算被我想到了，他就是我那个小学同桌的哥哥，亲哥哥！我小时候就认识他，经常在放学路上遇见他，我还记得那时候他邋遢得很，整天脏兮兮的，一点儿也不讨人喜欢。我们偶尔会在一起玩，相当偶尔啊，因为我那时候就嫌弃他脏。但没想到的是，长大之后，他竟然变成了如此干净清爽的男生，说话礼貌亲切，还有温和的笑容。

他的身份揭开，我们就都没有那么拘谨了，也终于知道了这个所谓的“修手机”的，原来是在中国联通。看来联通、移动、电信这三大运营商在我们老家的身份，都只是“修手机的”而已。

我们聊得非常随意，以至于我现在都记不清到底说了什么，但时间还是一晃而过。当天下午他就回南京了，到了7日我回南京的时候，他给我发短信说：我去接你吧！

后来，我们便开始了短信和QQ的联系，大概很多相亲的男女都离不开这两样东西。他其实不是个会浪漫、会说甜言蜜语的人，甚至有些迟钝。我们从认识开始到结婚这么多年，他都没有给我送过什么像样的礼物。唯一的一次，是他从哪里旅行归来，约我吃饭，当时还有个朋友也在，他带回的纪念品里有一双筷子。他倒也没有说要送给我，但我那个朋友不知道哪根筋搭错了，夺过来说："哎呀，这个一定是送给莉的礼物吧，筷子好，成双成对！"

然后他就真的送给了我，当时我就傻眼了，一双筷子啊，当时我们的关系还没有完全确定，还处于那种很美好的朦胧期吧，有送处对象的姑娘筷子当礼物的吗？现在想想，这真是一件神一样的礼物啊！但因为这件意外的礼物，关系反而就这么稀里糊涂地又近了一层。

我们俩就这么顺理成章地在一起了，没有大起大落，也没有磕磕绊绊，相亲，相处，结婚，好像早就被什么人安排好了一样。有时候想，自己应该算是相亲的女孩里非常幸运的一个吧，没有经历过太多奇葩，相亲能够遇见小时候的玩伴，他还在时光的打磨里改掉了我最讨厌的缺点，长成了自己喜欢的样子，最终成为我的老公、孩子的爸爸。

现在，我们的女儿已经上小学了，我在南京，他外调到上海，每个周末的高铁成为我们之间最密切的联系。但是异地生活并没有给我们带来多少不便，甚至连吵架都吵不起来，因为不知道有什么可不高兴的。我俩都是随遇而安的性格，觉得很多事情并没有什么大不了，何况南京离上海也非常近，我去上海时我们会一起逛淮海路、南京路，他回南京后我们一家三口就变着样子做想吃的大餐。

异地的生活会彼此想念，我也会随时跟他分享女儿成长的一点一滴。即使他不在家，女儿也会用稚气的声音说："不常在家的爸爸是我们家庭里最最重要的成员。"

看着女儿纯真的模样，我回想起很多年前，那个10月2日的上午，心里充满了感激。那一天，大概就是我们两个人的命中注定吧。

最后的五小时

五年前，我进入保险行业，成为一个“卖保险的”。本来，我对这一行没什么好印象，而且早就听朋友说过，这行的培训很奇特，早晨起来就唱歌跳舞，一个个活力四射，这家是“我相信自己我相信明天”，那家是“相信自己噢噢噢噢噢”，你方唱罢我登场，还好不是“感恩的心，感谢有你……”

至于跳舞，就更让我这种手脚毫无协调能力的人发怵了。朋友告诉我一个绝招儿，大家都是靠嘴皮子生活的，所以基本上都跳得不咋地。只要你敢豁出去，想着“我就这样我怕谁”“我难看我怎么了”“我就一二百五你咬我呀”，就迈出了卖保险的第一步！

所以，最初接触这一行时，我心里不无抵触。但没多久，表弟家的一件事却改变了我的看法。

做保险经常是从熟人开始的，表弟当时刚结婚，我跟他提了一下买保险的事，他当时没表态，这事就不了了之了。没想到几个月后的一天半夜，大姑打电话给我，说家里出大事了，弟媳查出来胃癌晚期。

弟媳住进了医院，没多久，好好的一个姑娘就被折磨得不成人形，半年之后去世。为了治病，家里花光了积蓄，还借了不少钱，表弟也因此一蹶不振。那次我真的特别特别后悔，后悔自己脸皮薄，没有强迫表弟买份保险，否则，也许家里的经济压力会有所缓解。

也是这次，让我对人生的意外有了更直观的感知、对保险有了新的看法，如果说之前入行是因为高佣金，那么这次之后，我彻底从心里接受了保险。

但做保险可没那么轻松，被一次次拒绝是家常便饭，拿到单子完成任务更是辛苦。我清楚地记得有一个月，到公司关账的那天，我一张单子也没有。关账的时间是当天晚上12点，我跑了一天，拜访了六个客户，一笔都没谈成。

下午4点钟，我在回单位的路上万念俱灰，心想算了吧，放弃好了，没有就没有，没办法了，大不了不干了呗。

走到公司楼下，停好车，我准备回公司坐着等待下班，但走到电梯门口，等电梯的工夫，心里突然升起一种说不上来的情绪。现在是4点钟，就算我能够拜访客户到9点，那就还有五个小时，这五个小时如果继续争取，可能有很多结果，如果放弃，就只有一种可能。

所以，电梯到了我没有上，决定最后再挣扎一下。

我站在那儿，突然想到大姑父在医院上班，之前跟他说过一款产品，收益很高，也因为收益高，所以这个月就停售了，也就是说，今天是这款产品的最后一天。我骑着车子立马赶到了医院，把来龙去脉跟姑父说了，他想了一下问："要交多少钱？"我说："6000吧，明年就可以拿分红，以后每年都有的拿。"

姑父说："那就买吧！"

这样，我签下了姑父的这一单，也是我这个月的第一单。我对那一刻的场景都记得很清楚，大姑父站在病房门口，我站在过道，就这样把单子签了。

但是，当时那种情况，我根本没有开单的欣喜，找亲戚下了一单，虽然成了，可毫无成就感。站在病房的过道里，我也不知道哪里来的勇气和冲动，就是一瞬间爆发出来的情绪，大喊了一声："我们公司有一款高回报的产品今晚12点就要停售啦，需要的赶紧来买啊！"

就这么一喊，竟然真的从病房里冲出来两个护士，拉着我问情况，我又说了一遍，然后对她们说："你们郭书记（姑父当时是医院的团支书）也买了！"

郭书记是她们信得过的人，一听说郭书记买了，两个护士立马拍板要买，就这样，我又签下了两单。

本来有了三单已经不错了，但看看时间，还没到5点，最后的几小时，是不是还可以有些意外呢？我拿出手机翻通信录，看到前几天联系过的一个客户，当时他对这款产品很感兴趣，但后来一直在犹豫。我马上打电话给他，他说正在五一路喝茶，我说我也在呢，他说那你现在过来吧！

我又吭哧吭哧跑过去，在茶社给他详细讲了这款产品的内容和目前的情况，最后一天，也就是说，几小时之后，想买也买不到了。况且，保险是有十天犹豫期的，如果过几天你不想买了，反悔也没关系。退一万步说，这个产品确实不错，并不是让你买件衣服买辆车，买了钱就没了，你的钱还是在那儿，以后还是你的。

我说完大致情况之后，对方没怎么考虑，就一口答应了，而且开始翻电话，一边翻一边跟我说，我有个朋友前几天也说要买这种产品的，我现在就问问他。

事情出乎意料地顺利，他的那个朋友开了个小公司，电话里说："我现在就在公司呢，你让他过来吧！"

于是，我又骑着我的小电动杀到了对方公司。说是公司，其实也就六七个人。我在他办公室里，外面一间是他的六个员工，还没有下班。

我灵机一动，提议说："要不然让你的员工们也一起听听吧，反正很快，几分钟就讲完了，听了也不一定要买。我跟你一个人讲也是讲，跟大家一起讲也是讲，随便听听好了。”

对方竟然一口就答应了。于是，我像演讲一样，给他们全公司七个人讲了一遍这款产品，讲完之后，不仅老板自己买了，还有两个员工也买了。

给他们签完单，已经8点多了，我拿着客户的资料匆匆往公司赶，因为客户的身份证什么的要复印，还有很多表格要填好上传到系统，后续工作挺重，主要是时间快不够了。刚走进公司大厦，从电梯出来，到了我们公司所在的那层，遇到我的领导，他喊住我说：“怎么样，这个月还没开张吧，今天签到了吗？”

我说：“签到了。”

他已经走过了我身边，随口一问：“签了几单啊！”

我回答：“七单。”

“什么？”他的声音从我身后传过来，“七单？今天下午你不是还一单也没有吗？”

我说：“是啊，刚刚才签了七单。”

他退了回来跟我一起走进了办公室，招呼还在办公室的内勤同事：“大家都过来帮他弄资料，赶紧弄完，要关账了！”

在大家的帮助下，终于在12点前搞定了所有后续工作，五小时七单的传奇也在第二天的早会上被当成了典范。

其实，这七单中是有运气成分在里面的，运气不好的话，也许一单都成不了，不过让我从中明白的道理是，如果4点的时候我放弃了的话，那后面的一切都不可能发生。即便运气在那里等你，你没走过去，运气根本就砸不到你头上！

做保险是这样，做任何事情都是这样，即便以后哪一天我不做保险了，去了别的行业，做了别的工作，或者面对人生中的其他事情，我也会记得五小时能够完成七单的那个前提：永远不要轻言放弃。

▶ 逼出来的“活地图”

“活地图”是我的绰号。放眼南京，如果朋友们要去什么地方，拽过我问一声，我就会告诉他们：去哪里坐哪路车，下车如何走，之后怎样拐，有什么注意事项。甚至连“的哥”都犯怵的犄角旮旯，我也能够像电子地图一样回答他们。

但这没什么可骄傲的，我没有特异功能，只有无数惨不忍睹的面试和租房经历，足迹遍布南京东西南北。

2005年，我即将大学毕业，父亲一遍遍催我回家乡，进供电部门，过上像他一样安稳的日子。但对于当时的我来说，二十几岁时就看到自己80岁时的生活是一件非常可怕的事，如果我能活到那么长的话。

因此我不肯回家，除此之外去哪儿都成，甚至想过去西部支教，最终，我跟随男朋友来了南京。父母见我不回去，达成了一个统一意见：断绝我的经济来源。

因此省钱成了我生活中最重要的一项课题。

我那会儿刚实习，独自在离单位很远的地方租了间纯毛坯，里面空空荡荡的，就一个抽水马桶还歪得随时要倒下来似的。因此就算我肠胃不好，也只能不停地往外面的厕所冲，我很担心，那个马桶坐上两分钟就会不堪重负地崩溃掉。

当然也没有热水器，每天晚上用“热得快”烧了水，拎到厕所里面用塑料盆混上冷水，全身打满沐浴露，从头浇到脚，就算是洗澡了。

每天上下班来回要三个小时，地铁转公交，即使远，找到月租180元这么便宜的房子，我依然偷着乐了好久。第二次快交房租时，我因为论文的事情被临时叫回学校，学校不在南京，当时以为顶多两三天，没想到一耽搁就是一个礼拜。结果刚回学校二房东就打电话来了，问我房租的事情，我说学校有事这周就回去，能不能晚一两天。

二房东一听就火了，声音高了八度，我情急之下问她能不能先帮我垫上，我东西都在，不会跑，回学校时一着急把这事忘了。

其实钱早已经准备好了，就在房间里的枕头底下。

二房东在电话里大吼：“忘了？真搞笑，那你每天吃饭会忘吗？睡觉会忘吗？今天必须交！”

她嘭地把电话挂了，我拿着手机一直发呆。这是第一次感受到离开校园之后的社会是什么样的，在她眼里，我就是个为了180元钱逃债的。

我满心委屈地打电话给男朋友。临近毕业，每个人身上都是一穷二白的，他找同学借了钱，辗转了很多趟公交车，来回折腾了四个小时，跑去二房东上班的地方交了房租。

两天后我从学校回来，看到枕头下放着的那180元钱，眼泪差点儿掉下来。没多久，正式毕业了，我跟几个同学合租了一套两居室，搬离了那个地方。临走时二房东一脸笑地来打招呼，说再见。我心想，再也不要见了吧。

新租的房子还不错，就是远得可以直接下乡种地了。我、我男友，还有另外一对同学合租，其他三个人都有工作，只有我实习期满却没有下家，成了无业游民。每天早上看着他们三个匆忙起床去上班，感觉自己都没脸吃一天三顿饭了。

我开始一天八小时地上网投简历，才来南京不久，路线不熟。手机功能也没今天这般强大，电子地图也不记得有，每天一接到面试通知就开始傻眼，疯狂地在网上搜查位置，逼着有密集恐惧症的自己看网一样的南京地图。

招应届生的单位一般也很小，遍布在各种乱七八糟的地方，有的连门牌都没有，有的走到门口也找不到进口。为以防万一，我每天很早出门，钱要一分一分地算计着花。最穷的时候，身上只有五角钱，实习的老师让我去一栋大厦开会，可是我连坐公交车的钱都不够。我坐在公用电话亭旁边发呆，犹豫着要不要给家里打电话，最后还是忍住了。

实习之后，我再也没有向父亲要过一分钱。

只可惜，我的面试总是很失败，每天都面，有时候一天面三四家，结果依然是零。

记得一次早上有两家，第一家在山西路，通知要穿裙子，可我是个圆滚滚的胖子啊，从来没穿过裙子那种东西，但是为了找到工作，我忍了，头一天晚上在商厦特卖区花45元钱买了一条黑色的裙子，塞了半天好不容易才把自己塞进去。所以第二天我等待面试时，感觉浑身所有的器官都不能呼吸了，面试进行得特别慢，我11点钟还约了一家在中山南路面试，那几个钟头自己就像只被勒紧的气球，一不小心就要炸了。后来我终于忍不住了，跟第一家说还有事先走了，下楼直奔向中山南路。

你能想象一个圆滚滚的胖子穿着高跟鞋和窄身连衣裙在马路上飞奔吗?

只是，这两家都没有要我。

还有一次面试，在虎踞北路，那家的HR（人力资源负责人）跟我聊得特别好，还特别热情地跟我说：“你应聘的这个岗位可能不太适合你，我会为你重新安排一个岗位。”当时还是个孩子啊，这么一听，觉得肯定有戏吧，一直等一直等，等了十几天，还是没动静。每天守着电话，后来终于忍不住了，打过去，对方说：“×经理不在，等他回来会给你电话的。”

一直到现在，八年过去了，我也没有等到他的电话，我从来没有换过号码！

就这么面试了两个月后，我在南京大街小巷奔波的日子才告一段落，我将其称为：南京两月游。就是这段时间，我对南京的格局有了飞快的了解，从城南到城北，从河西到城东，到处都有一个小胖子滚过的痕迹。我从一个路盲变成了地名百事通，成了朋友们崇敬的认路先锋。

除了面试，还有部分识路本领来自不停地看房租房。有时候把自己都看丢了，根本不知道自己身在哪里。才来南京的两年搬了六次家，各种突发状况让你不得不搬，比如：房东要涨房价不租了、一起合租的人不租了自己没钱整租、房东儿子要结婚房子不租了、房东要卖房子不租了、房东要结婚不租了、房东他妈要结婚不租了……

那年8月我终于结束了失业生涯，被一家很大的集团招去上班，试用期三个月，做内刊文案，跟我一起进来的还有个有工作经验的男生。才上班时觉得无比幸福，我终于也可以上班了，也有资格可以每天早晚挤公交一回来就喊累死了，终于咱也是上班族了！这种兴奋完全淹没了我，每天憧憬着自己变成一个忙碌的小白领。

但是事与愿违，我在公司依旧是个闲人，连台属于自己的电脑都没有，好在部门一直有人出差，今天用这个人的电脑，明天用那个人的电脑。

这种感觉很不好，我开始找事做，每天早上把部门所有人的桌子擦了，把地拖了，把垃圾桶倒了，把茶杯洗了泡上新的茶，每天他们一上班，就是一个崭新干净的环境。那段时间，好像只有早上我特别充实，其他时间还是傻瓜一样。

没多久，我被派去总部待了半个月，在镇江一个鸟不拉屎的荒岛上。我依然没事做，老同事也懒得搭理我，我好像被流放到宁古塔一般，每天都度日如年。后来好不容易回来了，我才算呼吸顺畅了些。这时领导要见一批重要客户，把我带过去了，没有带另一个男生，我暗自开心，觉得是个好兆头。

但不久后的一个下午，领导突然找我谈话，说："你最近的表现我们都挺满意的，进步很快，不过才来的时候不太理想。"当时我也傻，这么牵强的理由也能接受吗？如果说前面表现好后面不行了的话，可能更正常一点儿吧！

我就这么傻傻地没有通过试用期而被人开了，那个男生也没有留下来，我走的时候那个男生一脸惊讶地跟我说："我还以为你会留下来呢！"

那天我穿着单位发的工作服、白衬衫，还没有下班，就被打发走了，我走下楼梯时整个人都蒙了，觉得天都要塌下来了，眼泪在眼眶里打转转，一直也没有流下来。走出单位没多远，有同事给我发短信，说："怎么会这样，他们太无耻了，你知道吗，是招你们之前离职的那个人又回来了，所以你们俩都不需要了！”

我忍住没有哭，虽然这份工作对我很重要，但这么久以来也没有享受到它的乐趣，只是清闲得心慌。那时候我开始明白，人不能没有价值，一旦你没有价值了，就会像一个废弃的瓶子，被人说扔就扔了。

那天晚上男朋友约了一桌人吃饭，庆祝他通过试用期转正。我也刚好拿了工资，1500元，但对于我来说，那已经不是工资了，而是遣散费，因为下一个月的口粮不知道在哪儿呢！那顿饭吃得肝肠寸断，大家都在说笑，只有我，食不知味。从明天起，我又要步入失业行列了。

我重新开始奔跑在南京的街头巷尾，国庆节觉得没脸回家，随口撒了个谎搪塞过去。我每天上午城南下午城北地跑，一次次遭受HR的不屑，对工作的要求越来越低。

一晃又是两个月，每天面试跑得我腿都快断了，再也用不着南京地图，工作却依然没有着落。眼看入冬，天渐渐冷了，心底也很绝望，而且非常倒霉地感冒了。我喝着凉水冲的感冒药坐在台阶上，心想下午还是不去面试了吧，去了也不会要我。但我晕晕乎乎地坐了半天，终于还是不放心地挣扎着起来，怕自己后悔。于是风风火火地冲向那家广告公司，但意外的是，面试出奇地顺利，第三天就通知我去上班了，那个周末就开始要加班了。

那是我人生中第一次加班，真正地有事干，当周末的早上我爬上公交车驶向公司的时候，心里没有加班的郁闷，反而是无与伦比的幸福和激动，我是去加班的！我在QQ上跟老同学说，我在加班呢！言语里都是骄傲，因为，这次真的证明，我是一个有用的人，终于有地方可以体现我的价值了。

虽然不久之后，加班的恐怖就代替了这种兴奋，可是我永远也不会忘记第一次加班给我带来的如同初恋般绚烂美好的感受。

你只负责精彩
老天自有安排

II

You just please
focus on working wonders,
and God will arrange
anything else.

第四辑　时光会说出答案

▶ 老街坊的罗曼史

暑假的时候，我回原来住的老街看了看，在以前的邻居王老师家坐了会儿。她气定神闲地画了一幅丝瓜图，还给我沏了一壶香喷喷的大麦茶。她热情快乐的样子，一点儿也不像70多岁的老人，更不像经历两次丧偶的女人。

王老师退休前是一名语文老师，她个子矮小，高度近视，头发稀疏，就算时光倒流50年，她也只能勉强算是中等姿色。但是，她却是三任丈夫眼中最美的女人。或许，这就是情人眼里出西施吧。

王老师的故事要从很多年前说起，那时我家与王老师的第一任丈夫陆师傅家是邻居。陆师傅高大英俊，为人也很好，对谁都是笑呵呵的，在街坊中是出了名的好男人。陆师傅常常跟邻居们谈起他跟王老师的恋爱史，说年轻时王老师长得很漂亮，留着长头发，梳着当时很流行的长辫子，陆师傅强调，是一对整齐的麻花辫！

说起这个，陆师傅总是一副很自豪很珍重的表情，他说当年爱慕王老师的人很多，个个真心，他可是一路过五关斩六将才追到她，很不容易的。

不过，嫁过来的王老师却留着短短的头发，且发量稀少，真的能够编成两条漂亮的麻花辫吗？而且，真的那么漂亮又有那么多人追求吗？这是个谜，女人们不信，男人们半信半疑，只有陆师傅信誓旦旦。

但陆师傅对王老师的好，邻居们有目共睹，他包揽了所有家务，特别心疼妻子，不让她干一点儿重活。王老师嫁过来从未吃过半点儿苦，简直把街坊邻居的女人都羡慕死了。

两个人恩恩爱爱地过了几十年，陆师傅突然生了一场重病。有一天，大家看见陆师傅拖着瘦得不成样子的身子独自出了门，他不允许任何人跟着，说要一个人出门转转。那天，陆师傅回来时身后还跟着一个与他年龄相仿的老头儿，他向邻居介绍说这是老古。

邻居们也没在意，笑着打招呼。没多久，春末夏初，陆师傅去世了。王老师成了一个人，形单影只。但那年秋风刮起时，老古频繁出入他们家，王老师在那个萧索的秋天嫁给了老古。

大家这才知道，陆师傅、老古、王老师三个人年轻时就认识，老古当年也喜欢王老师，穷追不舍，但最后王老师嫁给了陆师傅。老古竟也是个痴情的人，发誓这辈子非王老师不娶。王老师和陆师傅一气之下跟老古断绝了来往，从此再无联系。

陆师傅病重之后，知道自己将不久于人世，唯一放心不下的就是王老师，他想安排好她的后半生，让她不至于在自己死后孤独终老。所以，陆师傅想到了老古，知道老古依然单身，陆师傅辗转找到了他，告诉老古自己已是将死之人，唯一的心愿就是王老师有个可以依靠的人，思来想去，只有老古可能一辈子对王老师好。两个男人促膝长谈，年轻时的恩怨一笔勾销，陆师傅在临终前郑重地将王老师托付给了老古。

有人问王老师，你怎么就接受了陆师傅的安排呢？王老师很平静地说："这辈子，他做的任何安排，都一定是对我最好的，虽然他死了，我也想让他在那边安心。"

王老师和老古结婚后还住在老街，就好像陆师傅还活着一样。不过，他们夫妻俩在乡下也租了房子，有时会过去住上几个月，过过养鸡种花的田园生活。两个人还会一起出去旅游，年轻时没走过的地方，现在年纪大了，慢慢走，也能好好看看这个世界。

他俩依然是老街的模范夫妻，恩爱得叫人艳羡，闲的时候，王老师和老古喜欢坐在门前那棵老杨树下，吃点儿点心，喝喝茶，说说话。

老邻居们能听到他们彼此称呼对方古古、小麻花儿，也能看到他们互相喂吃的时候王老师就像个少女，满脸羞红。

于是王老师又成了邻居们谈笑的话题，还叫她小麻花儿呢，头发越来越少了，快全秃了。

但就算是秃顶的小麻花儿，依然是老古眼中最美的女子吧。

王老师跟老古共同生活了十几年，老古也去世了，又丢下了她一个人。

王老师不愿跟儿女同住，依然住在老街的一套两居室里，报了个老年书画班，画画写字，与世无争。她现在的丈夫，就是在书画班结识的，王老师不久前开始了她的第三次婚姻。

我有幸见到了王老师的新婚丈夫，一名68岁的业余书画家。我开玩笑说："这是姐弟恋啊，还赶上时髦了呢！"王老师性格好，新丈夫也儒雅淡泊，不跟我这晚辈计较。听我这么说，他们只是相视一笑，令人感觉特别甜蜜，就像一对热恋中的年轻人。

我在王老师家待了半天，觉得他们的日子就像世外桃源一般，两个六七十岁的老人，相伴着走过人生最后的旅程，是一件多圆满的事。王老师这样的人生，大概是世间所有女子都希望得到的，不过，你先要乐观地面对生活，生活才能给你对等的回报。

我们都曾有过导演梦

我来北京的两年，写东西、拍片儿，不跟组的时候基本上是宅男一个，朋友不多。但是我要说的这个姑娘，只有我、老孙、郭子和佐佐四个朋友。

因为现在的她，除了我们四个，已经记不起任何其他朋友。

她是我读书时认识的女生，当时我和老孙在编剧班，她和佐佐在导演班，郭子在摄影班。她是郭子的老乡，刚认识时，她留着蘑菇头，中性的打扮，相貌却有些乖巧，第一眼看去就是个标准的文艺女青年。

来学习拍片儿前，我、老孙和郭子在网上相识已久，那是个拍客聚集的网站，我们经常在论坛讨论电影和拍片儿的技术，甚至一起拍微电影。老孙算是我们之中“手艺”最好的一个，当时在网站小有名气。据老孙说，他从小喜欢看电影，十五六岁就是标准的影迷了。虽然当时分不清导演和摄像，不知道导演是干吗的，但觉得他是电影里的“老大”，很神秘，就那么一路被吸引到现在。

但毕竟是摸着石头过河的门外汉，为了强化一下业务，我们约好了一起来北京进修学习。当时我、老孙、郭子一起合租了房子，那个女孩经常坐着公交车来找我们聊电影。虽然跟我们关系不错，但她的朋友也仅限在五个人以内。她性格孤僻，甚至有一点儿“被迫害妄想症”，总担心别人企图不良，从来不肯主动结交朋友。佐佐是她在班上唯一的朋友，这还是因为，佐佐特别喜欢中性模样的女孩，觉得她很酷，死皮赖脸才结交到了这个朋友。

她和我们在一起时，永远都只有电影和音乐两个话题。每当聊起她喜欢的电影，她会变得爱笑、能说，但如果我们换了话题，她就在一旁沉默起来，一句话也不肯讲。

那会儿年轻，大家对电影都很执着，不管别人怎么说，依然一腔热血地向往着当导演，心底能够幻想出很多种未来。她偶尔也很有兴致地说她一直有个导演梦，希望有一天能做一名女导演。

但她有个致命的弱点：记忆力非常差。不是普通的健忘，而是一种病，我不太记得名称，只记得当时她一直在吃药。她家境不错，家里开了座茶楼，但是有一段时间，父母关系恶化，在她高中的时候开始闹离婚，每天吵架，恶语相加。

也是那段时间，父母的变化对她刺激很大，不知是不是从内心就想刻意逃避这件事，她开始健忘，丢三落四，什么都想不起来。最严重的时候记忆仿佛一夜清零，记不起自己的同学，记不起过去的任何事。

周末，一个老朋友打电话到她家找她，语气一听就十分亲热，应该是曾经非常熟悉的朋友，但她却无论如何也想不起来是谁，更不好意思问对方。就那样，当年几乎丢掉了中学之前的所有朋友。

父母察觉到了她突如其来的变化，渐渐停下了争吵，最终也没敢离婚。她的情绪过了很久才微微平复，加之药物维持，勉强恢复了一点儿记忆能力，却依然比常人弱很多，记忆忽好忽坏，和情绪密切相关。

她忘了很多事情，但是想做导演这事没有忘记，所以跑来进修。虽然那段时间，每天学到脑子里的东西可能当天就忘了，还是一遍遍地做笔记，翻书看。她告诉我们，有时候去看电影，看到结尾，才忽然想起来，呀，这部电影好像已经看过了。

她也试着拍点儿东西，写写歌词和短片脚本，但她拍的东西非常个人化，自编自导，都是阴郁的内容。即使写爱情，肯定也是悲剧，她的故事里总有人被杀，更奇怪的是，她不喜欢正常的“惩恶扬善”，所有故事几乎都是坏人最终干掉了好人。可以想象，她在国内基本不会找到投资商。不过她还在读书嘛，我们当时想，就当先练练手好了。

班上不定期地会有些大大小小的聚会，我们经常带着她和郭子去。那时候她认识了我们班一名很活泼的男生，很快谈起了恋爱。那个男生从前搞过乐队，对电影、音乐都很在行，之后便可以预见到，她与我们联系渐少，每天都像小跟班一样和那个男生在一起，看上去一脸的满足。

那个男生比她还小两岁，多才多艺，遗憾的是，没多久进修结束，男生离开北京回到家乡，和她提出了分手。

而毕业之前，老孙正踌躇满志地准备拍摄自己的毕业作品，所有器材、道具、演员都已到位，家乡却传来了父亲病逝的消息。

那段时间似乎人人都不开心，很多同学迷茫地不知去留，郭子没过多久也离开了北京。我虽然勉强留下，却一时找不到合适的影视公司，转行去做了老师。而老孙，自然也不可能一毕业就当上导演，在一家公司做剪辑师，给很多出名的电影剪预告片。

佐佐和我们的情况都不太一样，她一直是我们之中令人羡慕的那个，因为她比我们“先天条件优越”，父母都是搞电影的，是电影世家。但她却偏偏志不在此，来进修电影也不过是被家里连逼带哄而已，毕业没多久又喜欢上了服装设计，去报了个服装班。

也是那时候，我们四个忽然全都失去了女孩的消息。她的父母也找不到她，快要急死了，打电话给我们，可是谁也联系不到她。

我在她的微博下面留言："你去哪儿了，大家都很担心你。"我把新换的电话号码留给她，很长时间收不到任何的回音，她就像是人间蒸发了一样。

大约过了两个月吧，我终于接到了她的电话。原来，毕业后，失恋对她的情绪刺激太大，她的"失忆"老毛病再次发作，甚至比之前更为严重，将过去忘得干干净净。那段时间她一个人待在出租屋，翻看着手机通信录，完全想不起来那些名字对应着什么样的面孔，瘦的还是胖的，关系近的还是远的，不知道可以跟谁联系。

独自过了一两个月，她联系了家乡的父母，却还是一个朋友都想不起来，直到将近小半年过去，她才恢复了一点儿记忆，能够想起当年我们一起要拍电影的事情，捡回了四个朋友。郭子回了武汉拍东西，我、老孙、佐佐与她一起吃了个饭。她看上去有些消沉，完全不记得这几个月是怎么过的，只知道不工作，每天一个人待在出租屋，不跟任何人联系。

那段时间我们经常和她通电话、见面，希望她能一点点恢复起来。好在，她慢慢找回了从前的自己，写写脚本、看看电影书。她写的故事依然很个人化，沉郁的调子和边缘的题材。就算我们劝她，她在这一点上始终很固执，说即使国内没有这种类型，国外还有啊。我们不再说什么，只希望她情绪不要太差，以免再次"失忆"。

那会儿我已经辞去了老师的工作，参与了一部电影的创作，虽然票房平平，终于是上映了。而老孙，在剪了无数“大片儿”之后也辞职了，自己接活干。这之前有个插曲，因为老孙业务能力不错，有一次老板放手交给他导演一个片子，好像是与一个大电影配合宣传的MV，演员和其他主创都是一线的。

拍摄之前，老孙脑海里规划得详详细细的，构思了很多遍。但等第二天到了现场，中国最有名的监制就站在他身后，几个大牌演员在那里等着开机，结果他一紧张，嗡的一下，忽然一个镜头都想不起来，之前设计的方案全都忘了。老孙后来笑说，比她失忆还迅速。那天老孙在片场愣了半晌，只能仓促地“瞎指挥”。有个演员很生气，当场罢工，打电话给老孙的老板，质问他这是找来了个什么导演！老孙当场被换掉，很长时间，他都鼓舞不起士气。

因为圈子很小。之前自信满满的老孙，觉得这下砸了个彻底，此后很长时间都不再想做导演的事，就是工作、赚钱、吃饭，偶尔和我们聚聚。

我也辞职了，开始写一个悬疑剧本，不断有人要投资，又不断有人撤资。而那个女生，一直在看电影、写脚本，不工作。她知道自己的病和性格，一直在吃药，不想去随便找工作。直到前段时间，她的状态越来越趋于稳定，有近一年没有再“发病”了，才开始鼓起勇气去试着找工作，不想再靠家里的“救济”生活了。

她“发病”的症状有两个：一是忘记人和事；二是不与人联系，即使别人将电话打过来，她也不肯接。但是这一年来，她和我刚认识的时候一样，虽然不那么爱交流，终于是回到了那个普通的文艺女青年的状态。前不久，她找到了一份编导工作，拍片子之余，依然抽时间写自己的脚本、拍短片，希望有一天，可以拿自己拍的东西去国外参加比赛。

而我和老孙，早已不再口口声声地将导演挂在嘴边，却也从来没想过要放弃什么。我们谁都不知道那个未知的明天，不知道将来我们中会不会有人拍出一部大家记得住的电影。但正因如此，心里反而坦然很多：没什么可东张西望的，往前走就好了。

▶ 大伯的经年往事

大伯今年80岁了，生活总是离不开书和音乐，他爱泡图书馆，写关于过去的小诗，唱很多老而动听的歌曲，《红莓花儿开》《莫斯科郊外的晚上》《喀秋莎》，以及日本的《草帽歌》、印度的《流浪者之歌》……很多年前我听大伯说过他的故事，再问时，他却说，都是平淡生活，不值一提。

但是大伯的一生却不平淡。

大伯出生于20世纪30年代，6岁的时候，母亲离世，从此跟着继母生活。9岁那年，大伯病重，高烧不退，又淋了一场大雨，奄奄一息，幸好被村人救活过来，捡回了一条命。

14岁时，读了三年书的大伯和几个同学一起，坐上火车去参军，被编入华东第三野战军。当时他是所有人中年龄最小的，个子也小，比一把长枪高不了多少。一路上，大伯连自己都照顾不过来，却要随军作战，九死一生。军队连夜奔袭，大伯跟不上队伍，掉到路边的水沟里险些死去，过大江时风急水寒，对面的敌人还在开着枪。身边有战友陆陆续续地离开，大伯十几岁，就已经比别的孩子更明白生命的可贵与无常。

参军不久，大伯被安排到野战军后方医院，接收各处送来的伤病员，每天都面对生命的康复或是离去。当时条件有限，吃不好，休息不好，伤员时常疼痛不已喊出声，大伯在一旁跟着心都揪起来。十几岁的大伯一面照顾伤员，一面听由情绪差的他们发脾气，心里只想着一件事：希望自己照顾的这个伤员能够活下来。

大伯从军十年，参加过淮海战役、百万雄师过大江，年纪小，什么都做。在那些兵荒马乱的日子，包都没有一个，大伯却将四五十年代仅有的几张从军照一路保留至今。离家参军前，大伯还有个亲生妹妹，但是十年之后回家，妹妹却已不在。没有人告诉他，妹妹是在什么时候离世，又是因何离开的。

这期间，大伯还谈了个女朋友，两个人恋爱八年，最终却没能在一起。

那时候部队会住在百姓家，女孩就是那家人的女儿。她比大伯年纪小，却很懂事。女孩和大伯日久生情，决定要一辈子在一起。只是大伯当时东奔西跑，不时失去联系。女孩时常给大伯写信，说有时候感觉告别都来不及说，一阵风就带走了大伯。

最后一次告别，是大伯坐火车回家乡，女孩一路送他到车站，泪流满面，再在深夜一个人走回家。女孩和大伯约定好，要经常通信，知无不言，彼此不弃。关于未来，女孩只说了一句："一言既出，驷马难追。"

女孩没有食言，一直等着大伯，给大伯写了一封封的信。尽管，两个人也经常遇到分歧，在信中为大事小事争论不休，就像今天所有的情侣一样。但想来，这在当时是很独特的。不要说异地恋，就连自由恋爱那会儿也极为少见，大多数人的婚姻，都是父母之命、媒妁之言，两个人结婚前，可能话都没说过一句。更何况，大伯和女孩一谈便是八年，信件堆了满箱。那时候的异地恋情，没有电话、没有视频，有的只是隔了千山万水的一封信，大大小小的情绪都在里面，每次回信都要经历漫长的等待，也可能忽然之间就杳无音信。

大伯回到家乡没多久，意外地与女孩失去了联系。当时大伯和女孩都已步入工作岗位，地址也换了，很长一段时间，大伯和女孩再也找不到对方。女孩四处打探，大伯联系未果，曾经共同经历风雨的他们，却终被时光的洪流冲散。

与大伯同龄的男子，当时早已结婚，甚至当了父亲。不断有人来说亲做媒，大伯起初不情愿，后来始终找不到女孩，失望之后，决定接受命运的安排。恰巧那时有人给大伯介绍了一位女教师，人很善良、温和，和大伯脾气相投，也很谈得来，两个人没多久就结婚了。大伯的老伴儿是个开朗的人，婚后一直教书，但是两人子女很多，为了家庭，老伴儿放弃了工作，专心在家照顾孩子。

而另一边，女孩却依然在打听大伯的下落，虽然失去了联系，女孩还像从前一样等着大伯，期待有一天能再相见。直到后来，女孩辗转得知了大伯的工作单位，将信直接写到单位去。她也知道，隔了这么久，物是人非，大伯或许早已结婚。在信中，女孩说，如果大伯没有结婚，自己就一直等着他，如果已经结婚，麻烦也告诉她一声。

虽然不希望结局是后者，但女孩终于等来了确切的消息，大伯结婚了。

女孩和大伯相恋八年，但得知大伯已婚的消息后，女孩仍然固执地又等了五年，然后遇到了对自己好的男人，结婚生子了。

此后17年里，他们再也没有联系。17年后，大伯去女孩的家乡出差，不抱希望地按女孩家乡的父母的地址写了封信，名字也没署。但女孩的父母竟然收到了信，只是不知道寄信人是谁，但女孩看了信一眼就明白了。于是，两个人在17年后又见了一面。曾经的青涩少年，已经是为人父为人母的中年人，谈起过往，有唏嘘，却也都已看开，笑着和对方开玩笑，邀请彼此来家中做客。

这话在当时说得无意，但是许多年后的今天，步入老年的大伯，却常常和老伴儿一起，坐上火车到女孩的家乡看望女孩和她的先生。而做了奶奶的“女孩”也携家带口，不时来大伯家做客、探望。两个人都是非常热情的人，两个家庭的关系也越来越好，所有子女都知道大伯和女孩当年的8年艰苦恋爱，但是谁也不避讳，时不时提起来，有对往事的感慨，也有此去经年的云淡风轻。

大伯有亲戚的子女回乡，领来了女朋友见过父母。大伯会忍不住说起，五十几年前，他也曾经带着女孩回了一次家乡，见了一次父母，女孩还带了亲手做的礼物。而这些，老伴儿全知道，也明白他的遗憾与辛苦，因此任由他一次次地在旁人面前说起。甚至，在一边替他补充些细碎之处。

而当年的女孩，今天的奶奶，依然是从前的活泼性格，会在电话里直接对大伯的老伴儿说：“你们来不来玩？不来我们就过去了？想你们了！”甚至大伯和女孩的子女们，也依然有着亲密的往来。两个年轻人曾经的恋情，终于一点点变成了两个家庭稳稳的友情。

大伯已经离休20年，看尽中外名著，读书剪报，心无旁骛。有人说他，你混一辈子，出生入死，到今天连栋房子也没有。大伯不做任何反驳，心里却明白，正是因为经历了太多的生离死别，才更明白，能够活下来，感受着曾经亲密无间的战友永远没能等到的今天，其实是何其有幸。

在大伯眼里，亲人健康、家人团聚，胜过一切。大伯说，自己今天早已连死也不怕了，但却比任何人都珍惜生命。“冒着炮火前进”

于别人不过是在书上、电视上看到的一句话，却是他一辈子都忘不掉的青春。

今天的大伯和老伴儿都喜爱读报纸。大伯读历史、军事，老伴儿读小说、散文。大伯看到好的文章，老伴儿就帮他剪下来，一摞摞的报纸旁边，是大伯和老伴儿一本本的剪报。

或许，经历坎坷是为了更懂得珍惜平淡生活。正如大伯有一首小诗中最后一句所写的：少年变老年，永远向前看。

一面之缘

在飞往上海的飞机上，她和我相邻而坐。

很随意地聊了几句，原想打完招呼睡个美容觉，却没想到越聊越多，最后竟是困意全无。

她说再过几天就整33岁了。我随口问：“结婚了吗？”

她笑了笑：“可能这辈子都不会结婚了。”

我有些好奇，却不好意思唐突发问。她看我欲言又止，忽然笑了，认真地说：“妹妹，我和你聊得投机。有些事这么多年从没和任何人讲过，但这辈子我跟你大概也就这一面之缘，所以对你说了也无妨。你就当个故事听吧！”

我一愣，忙点点头。不知道她要讲的是什么秘密。

她先是说到了自杀。她自杀过一次，没死成，后来又产生过很多次自杀的念头，最后都被另外一个念头打消了。

我问是什么，她说："你看，我还年轻，我活得不好死了不要紧，可是我的父母老了，他们虽然知道我性格有缺陷，但是对我很好。我死了最难过的是谁？白发人送黑发人。太残忍了。"

她继续说："所以我当时一遍遍劝自己，就算真的活不下去了，也要再熬几年，尽尽孝，等到父母都走了，这个世界上再没什么人让自己牵挂了，到时候再死也不会纠结。"

我小心翼翼地问："可是为什么要自杀，活得不好是指什么？"

她想了想说："我有抑郁症，很多年了，一直没治好。其实也不知道是抑郁症还是其他什么，我之前去看心理医生，感觉他说得也不是特别对。"

那一路几乎都是她在讲，我在听，她偶尔情绪激动，讲得很急切，像是憋了许久。

事情要从很多年前说起。她是个农村姑娘，从小学习成绩优异，人也活泼开朗，很是讨老师喜欢，整个小学她都是老师用来给同学们树立榜样的模范人物。

但在小学的最后一年，发生了一些事。

他们的村子小，哪家人出点儿什么事，全村大人小孩都知道。所以有段时间，村子里传播最广的一条新闻就是：老方家的大姑娘怀孕了，又流产了，出了好多血。

老方家的大姑娘还不到20岁，也没听说有对象，所以她怀孕在当时大人的眼里是件非常不好的事。所有人都对她指指点点的，说这丫头如何如何。

她听得不是很明白，当然也不好意思问，只知道大家都笑话方姑娘，很丢人。

发生在别人身上的事，本来听听也就罢了。但与此相连的是，没多久，她就来例假了。她当时根本不知道例假是什么，母亲从来没和她说过，老师也没说过，同学更没有说过。似乎，她当时是班上很早来例假的女生吧。

而且，不知道为什么，进入五年级后，父母的关系忽然恶化，每天不停地吵架，连摔带骂，骂的都是非常难听的字眼，也没心思管她。她很反感父母争吵，经常独自关在屋子里听广播，尽量避免听到他们的争吵。所以来例假后，她犹豫了半天还是决定不跟母亲说。

她惶恐不安，没想到“不停流血”这件事不是一会儿或者一天就结束，于是更傻眼了。焦急之下她一下子想起大人们说的“方家大姑娘……流了很多血”，于是就怀疑自己也和方家大姑娘一样，怀孕了。她不敢和任何人说，在心里绝望地想：完了，自己也是大人们眼里的“不好的姑娘”了吧！如果被别人知道是要被骂死了吧！

那段时间，她整个人忽然消沉下来，不爱和同学说话，在班上回答问题都没什么底气，仿佛藏了一个不可告人的秘密，再也没有心思学习。

虽然，后来她终于弄清楚了这件事，但她的性格在同学的眼里已经有些“古怪”了。连老师都不明白，这么个尖子生，怎么一下子像换了个人似的，每天无精打采的，连简单的问题都回答不上来，曾经对她的喜爱也不复存在。

而这之后，发生了另一件对她影响更大的事。他们当时上课都会记笔记，课下复习的时候大家经常互相借着看，查缺补漏。她也知道这段时间自己成绩下滑了不少，打算试着赶上来，就借了一名学习好的女同学的笔记，认真看了一下午，当天就还给了那个女生。

结果第二天，那个女生问她：“你借我的笔记呢，还给我吧。”

她当时就呆住了，急急地说：“我已经还给你了啊，昨天就还给你了。”

但是那个女生不相信，因为笔记根本找不到，怎么找都找不到。

当时就要毕业了，也快考试了，那个女生找不到笔记急哭了，求着她还给自己。可是她根本就没有笔记，所以也不可能还给她，只是一味焦急地辩解。班上有很多同学看着那个女生哭得可怜，暗地里都觉得是她偷了别人的笔记，生怕别人比她考得好。班上的同学开始悄悄传言，说她如何如何过分，好像都确认了就是她偷的一样，一个个都不再搭理她。那时候还小，大家不喜欢一个人的方式近似于直接告诉她：“我不跟你玩了！”

于是在小学五年级的时候，她一下子没有了朋友。而父母，依旧打得天翻地覆。

而且，直到毕业，那个女生的笔记也没有找到，这直接影响了她最后的考试，那件事情经常被大家提起来，笼罩了毕业前的每一天，她在别人窃窃私语的谩骂中上课，性格越来越孤僻。

那时候她才是个小学五年级的孩子，可是忽然间经历了那么多，她感觉每一天都很糟糕，生活似乎从来没有这么难挨过，性格也越发敏感、忧郁。

从此之后，她就留下了“后遗症”。她举例子说，中学住宿，有室友的鞋刷找不到了，在宿舍里无意地边找边嘀咕。她就会觉得：呀，她不会认为是我偷的吧？！她是不是在怀疑我啊？！如果同学上课前还没有找到鞋刷，她会比那个同学更痛苦，一下午都听不进课，一边不停地祈求：老天啊，赶紧让她找到鞋刷吧！一边飞快地想着如何证明不是自己偷的鞋刷。如果自己有个不一样的鞋刷，一定要赶紧拿出来刷刷鞋，让对方无意中看到。如果自己的鞋刷恰好和她的一样，她肯定是要疯了。

她敏感、紧张，异于常人，从小学五年级她就知道了。所以到今天33岁了，她也没有谈过恋爱。她清楚自己的问题，不敢与人太过亲近，担心恋爱会害了别人，所以尽管曾经有不错的男生喜欢过她，她却始终不敢接受对方。

她每一天都很痛苦，在焦躁中无法自拔。那次自杀未遂后，她一整天没吃东西坐在床上想明白了一件事：她不能去死。于是从此生活的重心就是：反复告诉自己要活下去。她开始不停地打消自己的消极想法，尽可能地避开容易产生“误会”的人和事，她看书、看韩剧、沉浸在无人对话的简单世界里，心底渐渐有了一丝宁静。

父母已经生了白发，不再吵架了，仿佛此时他们才忽然发现女儿性情的转变，一把年纪还不结婚，很少笑，过分敏感，而且不知什么时候变得自卑了。父母试着询问她，怎么和小时候不一样，又试着开导她，给她做爱吃的东西，她却唯有强颜欢笑。

她早已不期待能像儿时幻想过的一样实现什么梦想，做个什么厉害人物，只想好好地活下来，像正常人一样生活，可以与别人自然地相处。她真的觉得，自己应了网上流行的一句玩笑话：像她这样的人，只要能活下来就算成功了。

为了变得像个正常人，她去看心理医生，而且不止一个；为了心情不再压抑，她甚至看动画片。她不喜欢复杂的世界。

她哥哥家有个小孩，她非常喜欢，和孩子在一起时觉得非常放松，心情也渐渐好转，经常被小孩子逗得大笑不止。她给我讲小侄子的趣事。有一次参加考试，小侄子的妈妈对他说：“你考双百就奖励你。”小侄子认真地问：“好！妈妈，双百是不是就是两个200分啊！”

哥嫂都对她很好，看她喜欢小孩，也希望她成家，但从不当面催，怕伤害她。虽然这个过程太漫长，但她还是一天天心里温暖起来，敏感度一点儿一点儿地下降着。

她冲我扬了扬腕上的手表，说：“这块表是我哥送的，很贵呢！本来是对情侣表，哥哥说，另一块等我有了爱人就送给他。”

有个曾经被她拒绝过的男生，现在依然在等着她，也清楚她的问题。她说，如果自己真的过了这一关，能够越来越正常，如果那个男生还在，就试着去接受他。

我知道，今天她和我说这些，就说明这些事情已经没有那么严重了。

她一笑：“就像你刚才上飞机后不停地找东西，换成从前的我多疑病早就发作了，害怕你丢了东西怀疑我是小偷。但是现在，还能和你聊聊天，说一些秘密。这是几年前那个每天要自杀的我从来没想到的。”

我吓了一跳，才想起刚上飞机时身份证漏到座位下面去了，乱翻了半天。还好她已经不再是昨天的她，否则我这个举动大概要害死她了。

飞机缓缓下降，就要抵达上海。

她长吸了口气，说：“妹妹，你说你是写故事的，那么有一天，把我的故事写出来吧！希望不要再有人重蹈我的覆辙了！”

卖故事的女孩

大约十年前，当我刚开始给杂志写稿时，认识了许多“臭味相投”的朋友，阿卡就是其中之一。当时大家经常去一个叫“红榜”的论坛，每天海侃哪家杂志稿费高、哪家是骗子、哪个编辑最有耐心，一起幻想着日后的写作路，傻兮兮的，却非常快乐。

但那样的日子没有想象中那么长，不过几年的光景，我们工作的工作、结婚的结婚，大部分作者渐渐失去联系，许多杂志也纷纷倒闭，再没有人去那些码字论坛，只是偶尔在微博上看到几个熟悉的笔名。

阿卡是没有因岁月而丢掉的朋友之一，但我今天想说的是果果。

果果是阿卡介绍我认识的朋友，也是写手，当时他们都在南京，给《花溪》《南风》那些杂志写小说，我在上海，偶尔写点儿人物稿。我第一次去南京见阿卡，阿卡叫来了他曾经向我念叨过无数次的果果。

果果不高，微胖，苹果圆脸，吴侬软语，一见面就非常霸气地带我们去按摩。

虽然我实在记不起那次一共跟果果说了几句话，但很多年后，我们成了每天都要在网上聊几句骂几句才舒服的朋友。我、阿卡、果果像个铁三角，不能对别人讲的话，跟他俩可以毫无顾忌地讲，哪怕是借钱，也说得理直气壮，我们一边骂对方不够财大气粗，不能让我们“抱大腿”，一边陆陆续续地给对方寄礼物或收到礼物。

果果毕业后在一家广告公司做文案，只要公司有什么案子别人不会写、不想写，大家第一时间就想到她，仿佛她头上贴着“万能”的标签似的。有时候，客户出差，忽然想在火车上看稿件，果果就负责加班加点地把稿子熬出来，然后大半夜跑去火车站送稿件。还有时候，碰上离奇的稿件，一没素材二没主题，别人就扔给她说：“你随便写写好啦。”可等果果绞尽脑汁地编完，提意见的人就从各个角落冒出来了，逼着她狂改三五十遍，仍然无法过关。

每次写文案都是九死一生的过程，改到自己看见就恶心。果果终于忍无可忍，把心一横：老子不干了。

那段时间，我在北京，果果在南京，阿卡在深圳。我们三个都辞职了，集体做自由撰稿人。不过，由于没多久阿卡升级为奶爸，对银两的需求日渐增大，最终背叛我们做回了杂志编辑。他有个屡教不改的坏习惯：每次让我们写的稿子都要得十万火急。有一天中午我正吃饭，阿卡说："我这有个专栏，你写一下吧，才1000字，一小时之后给我！务必哦！"

我一听，吓得饭也顾不上吃，扔下筷子就开始写那个第一次接触的专栏。其实我写东西是个磨磨蹭蹭的人，写一会儿，就逛逛微博、看看视频，再跟果果聊聊天，但每次阿卡连哄带吓时，我都效率奇高，一小时后光荣完成任务。还有一次，晚上9点多，我接到"通知"给阿卡赶一个稿子，结果发现果果在给他赶另一个稿子，明天杂志要直接拿去印厂印刷了，连三审都只剩下终审了，阿卡却在找我们几个突击手忙着搞几篇大稿子。

每次果果都要在我们的QQ群里怒吼一句：阿卡，你提前几个小时让我们写会死啊？！

我、阿卡、果果经常会冒出一些异想天开的想法，还是会去实践的那种，也不管别人怎么看，只跟彼此通个气。所以，当有一天果果忽然在网上对我们说"我想在淘宝开家店卖故事"时，我和阿卡一点儿也没觉得意外，并且一如既往地双手双脚支持。

果果说："还是你俩好啊，别人都觉得我是文艺女青年发病了呢！"

我当时在心里想，那是啊，像我们这么不靠谱的同伙，哪里能有那么多!

果果有着多年嚷嚷减肥的历史，但从未付诸行动，所以这次我以为，她的小想法怎么也得拖上几个月才开工。而且开店嘛，货源首先要充足吧。你得先来个百八十个故事才能开张吧，至少也要有三五十个，而果果愣是拿着十几个故事就开始营业了。

但果果的态度还是很认真的，反反复复捯饬页面，还管摄影师朋友要来大量图片，搭配在每一个故事上。果果卖故事的形式也很特别，没有实物发货，一个故事一元钱，每个故事在淘宝上点开就能免费全部看完，看完你可以直接关页面走人，也可以拍下这个故事，也就是说，故事免费看，付款凭自愿。

起初很多人劝果果，故事都免费给人看去了，谁还给你付款啊？干脆，像很多电子阅读一样，可以免费看个开头，如果想看全篇则需要付款。果果犹豫了很久，最终还是坚持在店里免费放故事全文。因为，她不想强迫任何一个人购买故事。她只希望，读者能为打动自己的故事心甘情愿地埋单。

果果写的故事都是真实的，各色人生，一两千字一个故事，一个店就装下了人间百态。自从成了职业“贩卖故事”的老板娘，搜集故事也成了果果的习惯，会见老友，结识新朋，习惯性地要从人家身上打探出点儿故事来。

因为果果的店很特别，我们身边的编辑、记者、作者都开始给杂志写她的故事，尤其是阿卡，分别从好几个角度写了果果故事店的故事，卖给不同杂志，每次卖完都会跑来对果果一脸得意地说：“果果，我今天又把你卖了1000元钱！”

因为创意独特，果果的店很快就小有名气了，大小媒体都来转载文章、预约采访。有段时间她平均一天接待三四个记者，从国内到国外，从平面到电视，还有不少淘宝店主来谈合作，其中卖什么的都有，梳子、围巾、鞋子、衣服……我和阿卡笑称果果是乡村名流。

但可以想象的是，果果轰轰烈烈地开张之后，店铺的生意并不是特别“景气”，每天访问量巨大，成交量寥寥。就连妈妈也说：“每天守着个一元钱一个故事的淘宝店，还允许不付款，能有什么出路啊？！等着坐吃山空吧！”

但是果果才不管这些，每天雷打不动地更新一个故事，实在没故事的时候就管我和阿卡要。她还创办了很多特色栏目：“树洞”“表白墙”“寄存专区”……果果每天要看几十封网友的寄存故事邮件，遗憾的是，忙则忙矣，就是不赚钱。一个故事一元钱，如果是网友寄存的，月末还要返还七角钱给人家……

果果故事店还有“定制故事、剧本、策划”这样的业务，不过落实起来也颇费劲。我记得第一笔定制，是我和果果一起接的一个海外留学生的剧本单，写得非常顺利，对方也很满意，当即付款。但事后才发现，第一次的甜蜜只是个温柔的陷阱，后来居然再没有这么顺利的买卖了。有时候我们写完故事，买家就消失不见了，我们只拿到定金。也有时候沟通半天，对方都不清楚自己想要写什么，还有时候人家听完报价就默默下线了。

对于剧本这样的活，果果也拿不准报价，我俩经常嘀咕半天。有一次，有人从网上找到她说是要定制个微电影剧本去参加比赛，简单说了些条件，并且特别表明自己纯粹业余，只是热爱。我和果果一听，觉得可能是那种穷学生吧，就开了个比较低的价钱。结果谈完价钱后那男的忽然说，我有一个农庄、一个摄影楼、一个自行车店、一个琴行……我们市各大商场都能给我提供拍摄背景，你们写的时候不知道需不需要？

我和果果一愣，当即后悔莫及，原来人家是个土财主啊，居然开了个穷学生的价！

自从成了老板娘，果果深刻体会到了“人怕出名猪怕壮”这句古话。形形色色的人都来找果果谈生意，还有人说自己认识一两个报社编辑，可以帮果果拿故事去投稿，但是赚了钱要对半分。也有人千里迢迢地跑到江苏来见果果，拍着胸脯说：“你将来一定会感激我的，我会是你的引路人、指路明灯！”而且，随着果果故事店的名气越来越大，居然开始有人盗版故事店。反正故事又不发货，有人看中了这个商机，就完全拷贝了“CY故事”店名，简单加了个“的”或是标点符号，连明信片都照抄过去了。

更囧的是，许多读者搜错了店，不知上当，还在盗版店铺下面好心留言：我在《青年文摘》上看到了你家的店铺报道，特意来看看，非常喜欢你的故事和创意……

果果哭笑不得，起初还非常焦急地维权，不过网站后台没人理他，手续也相当繁琐。而且，我们渐渐发现，一个盗版倒下去，三五个盗版跟上来，果果最后也无暇分身勇斗盗版了，目光重新转回到扩大经营上来。

除了故事，果果还卖明信片，各种各样的明信片，甚至定做了“有故事的明信片”。她曾在晚上和好友去中山陵摆摊儿，但是来来往往的人才不搭理什么有故事的明信片，只是偶尔有人问：“有南京景点纪念明信片没？！”果果很失落，南京的文艺青年都去哪里了？！那个摆摊儿之夜，果果跟朋友像卖水果的大叔大妈一样，随时准备着躲城管，眼看着几分钟的工夫，刚才还一堆堆的贩子，转眼就隐蔽在观游中山陵的茫茫人海中，惊心动魄，紧张刺激。

只可惜，卖明信片也不赚钱，而且许多地方平邮根本收不到，容易有差评。

果果有三怕：一怕差评，二怕差评，三怕差评。而且，果果卖故事的原则是“先收货后付款，付款自愿”，如果不喜欢完全可以不买，可是拍了又给差评，就有些没天理了。当然，有种情况是，无论果果在首页写多少遍“店内故事没有实物发货”，还是会有人直接无视掉，隔三岔五地来询问，为什么还没有收到货？有人以为一元钱买一本故事书，还接连拍了好几元钱，果果想着那即将到来的六个差评，心里在默默滴血。

网上有报道说，果果卖故事一个月收入过万，我们听了非常脸红，觉得很对不住记者的厚望。我曾帮着果果做过调查问卷，结果一无所获，故事店受众买的最多的还是衣服、饰品、包包、零食这些大众必备产品。果果绝望地喊：“我们的故事店绝对不能卖衣服啊！”

有段时间，果果总是发烧，微信问她在干什么，回答经常是：“打点滴呢！”“发烧的时间到了！”可是，到了晚上，又在网上如常见到了她。因为今天的故事还没有更新，果果烧也发得不安心。对于她，故事店是个算不上“事业”的闲事，但却已经如同吃饭、喝水一样，成了她每天“不能没有”的习惯。

故事的结尾，应果果同学的强烈要求，要在这里对她发自肺腑地说一句：果果，你一定会瘦下来的！

她的笑容留在记忆里

大一刚开学时自由挑选座位，我和她相视一笑，就成了同桌。她皮肤白白的，特别爱笑，在班级中人缘一直难得地非常好。记得开学没多久，她去学校附近的一家水饺店打工，我们为了给她捧场，轮流去那家水饺店吃水饺，虽然水饺的味道实在一般。

当时她谈了个男朋友，是我们同班同学。军训没多久，那些被高中压抑坏了的男生就开始纷纷追女生，而且都是从本班的“自己人”下手。所以，我们班一直有几对恋人存在。但没多久，由于种种原因，分手的分手、结新欢的结新欢，班级里的情侣终于只剩下他们一对。

私底下曾有同学说，一看他俩，就知道是细水长流的那种，看来我们班注定要有对情侣走到最后了。

他们都是稳妥的人，令人很是放心，别人一对对分手，我们仍然觉得他们无论如何都不会分。当初，那个男生追她颇费了些力气，班里男生女生都帮忙，我和朋友也偶尔递个话。那个男生不错，话不多，性格随和，家境也还好，是那种可以依靠的男生，似乎大家当时都挺愿意他们在一起的。

但不知她最初是真的“没来电”，还是不想过早卷入大家议论纷纷的班级恋情中，一直没有答应。直到最后，我们都有些看不过去了，她一个非常好的朋友在一旁旁敲侧击地说：“他已经追得追不动了。这么好的男生，再不答应，可就真跑了！”

似乎没过多久，他们就在一起了。

他们恋爱之后的日子很平淡，也很美好，两个人每天一起吃饭，一起复习功课，一起准备考研，研究生志愿早早挑选了同一座城市的两所学校。

但谁也没想到后来的事情。

她莫名其妙地得了一种奇怪的病，只能在床上躺着，发烧，几乎不能动弹。她住在我们隔壁，记得当时她寝室的人说，原本好好的，突然之间就行动不了了。她被送回家乡的医院，似乎没过太久就痊愈了，她又回到学校，像从前一样复习备考。

两三次这样的意外之后，忽然有一次，她又病倒了，而且非常严重，大家匆忙又将她送回了青岛老家。我们本以为她会像之前一样，过几天就回来，却再也没有等到她回到课堂上。

她家境贫穷，听说很长时间病症都没能确诊，当时治疗要花很多钱，班级里搞了一次募捐，但解决不了太大的问题。她打针的药剂非常昂贵，家里不准备让她妹妹继续读书了。我们得知后非常焦急和难过，她男朋友是那种很简单的男生，不知道自己能做什么，只是不停地抽烟，整个人变得非常瘦，考研也放弃了。男孩妈妈也得知了此事，看到憔悴的儿子非常痛苦，跑到学校来找班主任，不知道怎样才能好一些。

那时我们想在全校发动募捐，但忘记是先跟系里还是校里打了声招呼，结果是不太同意。而她的舍友恰好是那种比较个性的女孩，眼看着她一天天地变得越来越困难，最终大家达成一致，决定顶风而上。不管谁同意不同意，我们都要在全校搞一次募捐，后果一起承担。

于是全班的同学开始悄悄策划这件事情。

当时我们学的是新闻专业，有很多同学在学校新闻中心担任编辑、记者、播音员。那天中午放了学，我们按照原计划，几个人去学校各个地方贴海报，几个人在新闻中心念关于那个女孩的一篇报道，而我们剩下的人，也三五个人一帮，被派到学校各个食堂门口去募捐。我们抱着募捐箱站在食堂前，前面搁了张桌子，似乎也在一张大大的纸上交代了事情的来龙去脉，而头顶的广播里，正动情地播着她的故事。

那个中午，全校几乎没有人不知道我们的募捐和她的名字的。那是我第一次抱着捐款箱去募捐，之前并未想过会筹到多少，但结果依然大大鼓舞了我们。我们每个人，都从来没有那么切实地感受过，有那么多不认识的陌生人，会向你伸出援助之手。我记得，有老人抱着孩子来捐款，也有人放了学身上没带钱，告诉我们千万等着，然后跑回宿舍去取钱，而且喊来了一宿舍的人。捐多少钱的人都有，哪怕一元钱我们也非常感谢，大多数人是五元、十元、五十。我记得有一个男生，掏出钱包里所有的钱捐给了我们，大概有几百元吧。一个女同学哭得不行，恨不得拽住人家留下系别、姓名，但男生根本不肯登记，丢下钱就跑了。

那个中午，我和同学抱着捐款箱，饿着肚子站在食堂前，迎接着所有人探询的目光，几次被感动得哭得稀里哗啦。那种感觉很奇特，如果我是一个旁观者，一定不会明白我们为什么哭成那个样子，甚至当时我抱着箱子心里也在想，这是怎么了？我们每个人从小到大都为这样那样的事情捐过钱，可是当抱着捐款箱眼看着那么多陌生人来帮你的那一刻，依然有着控制不住的感动和激动汹涌而来。

我们只募捐了那一天，最后似乎是筹到了几万元钱，具体的数目记不清了，但是可能因为我们的疯狂之举动静太大，学校后来又搞了一次老师的募捐。

不久后，我们又开始在全市媒体上联系广播、报道，因为有同学当时在省报实习过，也沟通好了在省报发一篇文章。那个同学为写报道采访女孩的男朋友，结果问到半路，男孩忽然说不下去，哭了。

那笔钱对当时的我们来说不算小数目，学校不知为何不让我们一次性给她，而是要一部分一部分地送过去。而且每送一次，学校都要我们写一封公开的感谢信，贴在食堂旁边的公告栏。当时我们也没有把钱打到卡里，而是大家抱着钱直接去青岛看望她。班长去过，她男朋友去过，她室友也去过。最后一次送费用的时候，我们已经毕业了，是我和班长一起过去的。

之前去的同学曾经说过，没想到她住在那么贫穷的乡村。我们从前一直不明白，为什么她每次回家都要大包小包地买东西。后来才知道，他们家去超市都要坐车出去好远才能找到。他们的村子根本开不进汽车，是她家人开着拖拉机来接我们的，中间要经过一个很陡的斜坡，我们坐在颠簸的拖拉机上，真怕车子一下子倒翻过来。

她的父母、妹妹都是朴实的人，为我们准备了饺子，和我们说她的近况，说感激的话。我进到那个有些暗的屋子里，看见她的第一眼忽然落下泪来。

仿佛去年还是欢欢喜喜的女孩子，想着要和男朋友一起考研究生。可是今天的她，几乎已经失去了意识，躺在床上，穿着肥大的睡裙，浑身插满管子，头发为了方便梳起了无数的小辫，整个人都是浮肿的。

她闭着眼睛，说不了话，好像已经昏迷了很久，只是偶尔会发出闷闷的声响。家人那时候似乎也已看不到太多希望，而且承担不起昂贵的费用，将她从医院接回了家里。

我们去的时候，她的情形已经非常糟糕。她母亲告诉她我们来了，让她点点头，她几乎没什么回应。可是之前的时候，同学来看她，她的情况还好一些。母亲告诉她，这是小雯，她来看你了，你如果记得她，就握两下她的手。同学把手放在她的手里，她果然轻轻握了两下。她母亲一一介绍，她就一个个地握两次大家的手。只是介绍到她男朋友的时候，她母亲说，这是谁谁谁，他来看你了，你如果记得他，就握握他的手。

但是，她却固执地一动也不动。

大家站在一边，都看得很难过。而最难过的人，或许是她和他吧。

她不能直接进食，只能通过管子输送营养液。为了方便治疗，她除了一件遮体的宽松衣服，身上什么都没有，除了一件东西——那枚戒指。

从生病到现在，那枚戒指她始终都不肯摘下。即使在病得非常痛苦和严重的时候，家人试图从她手上取下来，也被她明显的抗拒止住了，那是她唯一不肯放下的东西。

她母亲笑着解释说，都这个样子了还爱美呢。

我们心里微微发酸，那枚戴了很久的戒指，或许并不仅仅是关于美丽吧。

那是我最后一次见到她，我也是班级里最后见到她的几个人之一。在此之前，我从来没有经历过一个同龄人如此的变化，因此很长时间里都很恍惚，回到读书的小城，依然无法将那个浮肿的她和曾经那张生动的脸庞并在一起。

只是，那时候的我们第一次体会到了深深的无奈和渺小感，明白了生命的无常。没多久，班级群里发了一个公告，她永远地离开了我们。

有时候回想起过去的时光，脑海里首先浮现出的依然是她笑着和我们打招呼的样子。我不知道有没有天堂、有没有另一个世界，但我想，无论在哪里，爱笑的她应该都是个受欢迎的女孩子吧。

▶ 如果有圣诞老人

大学毕业那年我不满22岁，在北京一家出版公司里当毛手毛脚的小编辑。初来北京的半个月，不争气的我每天都哭，因为一个很滑稽的理由：我严重路痴，刚租了房子，每天下班都找不到家在哪里。

但是我的北漂生活很快就结束了。23岁那年，我告别刚刚开启的图书编辑生涯，满怀好奇地奔赴英国留学。这是个随时能让我在心底发出感叹的国度，无论是辩论的议员，还是谈论亨利王子裸照的街头男女，都用一种歌剧家的喉咙、吟诗般的语调在说话。

不过，我的班级并不是典型的“英国课堂”，班级里大部分是亚洲人，中国人尤其多。我想要了解当地的文化，就刻意避开了国人的圈子去混社团。英国的社团每周一次，结束后谁都不记得谁。因此，来英国半年，我始终是可怜巴巴的一个人。一个人煮意面、一个人去超市、一个人逛博物馆。

圣诞节即将来临，街道上的彩灯和装饰一天天多起来，节日的氛围扑面而来，我独自走在热闹的街头，感觉凄凄惨惨戚戚。想象着不久之后的圣诞节，我一个人为自己唱圣诞歌的冷清画面，我在心底一遍遍地说NO（不）。终于，在一个漫长黑夜，我边在Host UK（英国一个民间非盈利组织为留英学生免费安排当地志愿家庭进行文化交流）网上申请去英国寄宿家庭短住，边祈求着，如果有圣诞老人，请一定给我一个美好的圣诞节吧！

没多久，一封邮件就躺在了我的邮箱里，像是圣诞老人提前送了我礼物：有一家来自Brixham（布里克瑟姆）小镇的爷爷奶奶决定“收留我”去他们家过圣诞了！奶奶还特意发邮件来说，他们几年前才结婚，两边子女非常多，孙子孙女就有13个，是个非常大的家庭。

我拿着一张Brixham的火车票，怀着小小的忐忑踏上了旅程。但没想到，路途中遇到洪水，火车走走停停蜿蜒前行，八小时后，才终于在Brixham的火车站停了下来。

天已经全黑，浑身感觉冷飕飕的。但大家看上去心情似乎都不错，大概因为要到圣诞节了，一个个冲出火车站就跑了起来，唯有我迷茫地打量着这个小镇。

很快，我发现了一个银白头发、戴着圆片眼镜、穿着红色衣服的爷爷，看上去有七八十岁，个子高高的，背也非常直。他穿过人群径直向我走来，给我的第一感觉是：哇，好像一个圣诞老爷爷。

他笑眯眯地说："你是Kia吗？"我清醒过来，说："是呀，你就是Tony（托尼）吧！"他笑了，边点头边接过我手上的行李。

爷爷的太太Sue（苏）就等在车旁，她圆胖的身子裹着碎花连衣裙，眼睛也是圆圆的，整个人神采奕奕，特别活泼，从见到我的那一刻起就不停地说话。

我坐着爷爷奶奶的车回家，车一直神奇地在山上跑，另一侧是黑漆漆的大海。奶奶把车开得飞快，大概过了半个小时，终于停在了山顶的一座红砖二层小楼前。

那是我第一次住传统的英式家庭，感觉像是穿越到了影视剧里。进门就看到哈利·波特住的那种壁橱上挂满的盖着世界各地邮戳的圣诞卡片，左侧门通往客厅，客厅里有墨绿的棉布沙发、厚厚的灰羊毛地毯、黑铜雕花壁炉、老式电视机，镶扣红棕皮躺椅、整面墙的落地窗下摆满CD和书的柜子以及圣诞树下堆着的礼物，让我有一种"这才是英国"的真切感受。

奶奶风一般从厨房端出早已准备好的鸡肉派、糯米布丁、烤面包，在叮叮当当的刀叉盆罐声中，她给我说起他们的故事。

那时我才知道，虽然七八年前才结婚，他们却是从年轻时就相爱了。

两个老人的故事，像是BBC的午间剧场，要追溯到50多年前。当时Tony和Sue还是一对普通的情侣，相处甜蜜，谈婚论嫁。但是，当时的北爱尔兰总有些大大小小的战争，两人在战争中失散了，再也找不到彼此的消息。很多年后，爷爷娶了妻子，奶奶也嫁了人。

而就在几年前，奶奶居然在电视台一档地方节目上看到了爷爷。而且时隔多年，奶奶一眼就认出了他来。那时候，奶奶已经离婚多年，爷爷的妻子已经过世。奶奶看着电视上的爷爷，很快给他写了封信去，第一句话就是：嘿，托尼，你还记得我吗？

就这样，隔了几十年之后，爷爷奶奶终于再见面了。他们发现，彼此都没有忘记对方，而且和当年一样有着说不完的话。没多久，爷爷卖掉了在约克的房子，在Brixham这个海滨小镇和奶奶重新组建了家庭。

结婚那天，74岁的Sue戴着孔雀尾小礼帽，和80岁身着礼服的Tony很相称。双方的7个孩子和13个孙子孙女加上亲戚朋友把小镇教堂塞得满满当当的！

和这对非凡的老夫妇一起生活乐趣十足。早晨醒来，和厨房忙碌的奶奶打招呼，会遇到松鼠从院子外的森林中，踩着树顶小径蹦跶到院子里，在爷爷特意为它们制作的秋千上玩耍一番。午饭后，帮忙做家务时，爷爷还会耐心地对我讲洗碗机的运作方式。

爷爷的家外面是悬崖，悬崖底下就是大西洋。吃完饭，爷爷会很绅士地提议说：“不如我们去散步吧？”他就领着我和另一个寄宿的土耳其女孩，走几步转个弯，踏上了悬崖旁边的林荫路。吹着大西洋刮来的风，看着浪涛拍岸，我在心里感叹，这真是“高规格”的散步啊。

住了几天，慢慢摸清了爷爷的习惯，比如他的作息十分规律，每日中午必在院中的阳光房打个盹儿，醒来便慢条斯理地煮咖啡，因为“天大的事，也不如来杯咖啡吧”。再比如他的脑子里总是能蹦出一串新主意，无论是几十年前为了娶妻自己组装的汽车，还是世界旅行。他嘲讽自己总是：“Do it，see what happens.”

和爷爷奶奶在一起日子过得飞快，平安夜到来了。我按捺不住想给他们一个惊喜，连夜画了六幅画。有家乡厦门的风景，也有这个海边小镇，我将画拼成一个多面体，包装好悄悄放在了圣诞树下。而第二天早晨，我竟然发现床边多了一双缝着我名字的圣诞节靴子，里面鼓鼓囊囊地塞着十几个包装精美的小礼物，是奶奶亲手缝制的！

一大早我飞奔到厨房拥抱感谢奶奶，她穿着鲜紫色的礼服开心地说：“今天你的任务是当邮差！”

奶奶又一阵风似的飙起车，载着我在山上的社区里来回地转着圈。每到一家，我便敲开主人的门，送上圣诞卡片和祝福。在养老院和独居老人的家，奶奶把亲手织的画和各种小玩意儿送给老人，并邀请她们圣诞节到家中玩。

上午10点，教堂钟声响起。奶奶把我放进一群穿着天使、牧人服装的孩子中，便急急地去做礼拜的准备。我还在和孩子们闹，没想到一个阿姨急急地抓住我问，你能顶替一个未到场的人来参加圣诞吟颂吗？于是，在爷爷奶奶惊讶的目光中，我登上演讲台，大声朗诵着临时抱佛脚向小妹妹学来的圣诞故事篇章，心底无限快活。

礼拜后刚回到家，大大小小送祝福的朋友就都来了，比在家乡过年还热闹，还有圣诞老人打扮的邻居。他们驱车从耶路撒冷采来火种，放在油灯里，在圣诞节的早晨分送到各家各户（取自《圣经》中将耶稣比作“脚前的灯，路上的光”之意）。

圣诞的夜晚，爷爷拿出一个录像带，录着一部著名的圣诞动画《雪人》。我们坐在沙发上，挑选好最舒服的位置，奶奶端来了香气四溢的咖啡甜点。看完动画片，奶奶又放了一部纪录片，讲阿富汗发生战争时，阿富汗军嫂组织了一个合唱班的故事。合唱班唱了许多温暖动人的歌曲，其中有一首最为特别，军嫂们每人说一句最想对老公讲的话，这些话拼起来就成了那首歌的歌词，音乐老师谱上曲，那首歌也成了当年圣诞节最受欢迎的曲子。

其实和爷爷奶奶度过的圣诞节很平淡，但这种平淡里的温暖却是我在英国很长时间里最大的慰藉。无论走到哪里，我心里都在惦记着：那个英国西南角的小镇，一片大海、一处悬崖、一片森林，还有松鼠的陪伴和咖啡香气中那对恩爱的老夫妇。

圣诞后回到校园，我一直念念不忘小镇的爷爷奶奶，为了将Tony和Sue的故事说给别人，我特意参加了“生命写作课”，和一群六七十岁的奶奶们一起写、读自己的人生故事。他们个个经历曲折，有人从阿富汗战场死里逃生、有人跨越几个国度，也有人是身患癌症的巴西心理学家，我是最小的学员，与他们相比，我才23年的人生毫不丰富和曲折。但是我有着一个和英国爷爷奶奶一起度过的圣诞节，这是我留学生涯里最温暖美好的一页。

▶ 走过独自取暖的寒夜

我的家在一个小县城，父母都是做鞭炮的。从我记事起，家中似乎就比别人家更忙碌。父母脾气暴躁，跟鞭炮一样一点就着。他们还有个特点：无论干什么都耽误不了吵架，任何一件小事都能让两个人大发雷霆。

因此，我没有什么美好的童年。放了学，小朋友们都可以出去玩，唯独我不行，我要给鞭炮插引线，从放学后就开始弄，一直折腾到深更半夜。家里有个搓鞭炮筒的木机械，吊在梁上，当时别人给我叔做媒，女方没见过那种东西，回去跟媒人说："那家人真穷，拴马桩放在屋里，人和牲口睡一屋。"

家里战争不断，我的心思也集中不到学习上，成绩始终上蹿下跳。高考完，我发挥得一塌糊涂。

我清晰地记得，2004年7月，高校录取结束。整个过程对当时的我来说近乎于凌迟，因为已经能够查到志愿学校的最低录取分，我眼看着第一志愿的大学、第二志愿的六所院校和我一一擦肩而过，心情一路坐滑梯似的跌到谷底。

在那样一个年纪，大学就是人生的全部出路，但我已经没有机会重来，因为我已经复读了一年，而且家里那年生出很大的变故，父亲和几个兄弟爆发了一场战争。从此亲戚之间都是怒目相对，恨不得看彼此的笑话。而我复读已经成了他们的笑柄，再复读一年，父母仿佛能预见到那种被打脸的感觉。因此，成绩出来后，父亲直接说，再复读是无论如何也不可能了，不管调剂到什么学校你也得去上！

可以说，我是被逼着踏上了求学路。

我被调剂到苏北的一座小城——张爱玲和白先勇都曾在小说中写过的一个荒凉之地：盐城。9月，我坐了一夜的大巴车，看到视线里的红瓦白墙的平房大院变成青灰色的楼房，心情也逐渐调成了同一色。那所学校好小，假模假式的样子，想到后面四年就要在这里度过，那种感觉就像后来去户外运动时，站在山石的狭缝里看黄昏慢慢掩上来。

入学后，因为孤傲，我拒绝融入宿舍和班级的氛围之中，觉得自己和同学们是两个世界的人。当然，我瞧不上别人，别人也瞧不上我，因为我来自山东，舍友清一色的都是江苏人，而江苏尤其是苏南，自古都是富庶之地、鱼米之乡，在他们眼里，山东就是个落后纷乱的地方，经常有同学用“自古山东出响马”来形容我生长的那片土地，对我自然也不屑一顾。

我们就在互不理睬的氛围中磨过一天又一天。我拒绝跟朋友交谈，拒绝打电话回家，因为父母打架再次升级，摔东西算是客气，气头上恨不得打死对方。连我每次打电话回家，耳边都伴随着吵架声，所以我干脆不再打电话，整个人从清晨到深夜都只有两个字：孤独。

以前读励志文章，故事里总会写到，某个重要人物或者某件特别的事情，在主人公适时的境遇里出现，于是激发了他的斗志，最终让命运发生转折。但生活没有那么多励志的逻辑，终于有一天我明白只有自己才能拯救自己。于是，从前就喜欢文学的我开始写文章，到处投稿，把所有情绪都转化成文字。

我永远不会忘记，烟雾缭绕的网吧里，在别的同学打游戏的厮杀声中，我在电脑里的记事本上敲下一行又一行的字。苏北的小城没有暖气，冬天特别阴冷。为了能让思路更清晰，也为了占个好机位，我常常在迷蒙的周日早上，走长长的路，去往一个相对人少的网吧，然后在打通宵的年轻人的呼噜声里，写下那一串串故事。记得有一天，我在网吧里写稿，连着写了八个小时，时间已近傍晚，中午饭和晚饭都没有吃的我，终于敲下最后一个标点符号。我对着电脑哈哈大笑三声，结果乐极生悲，电脑在这时候死机了，之前的努力全盘皆废……当时我的大脑也跟死机了一样，整个人都傻了。顿了五分钟，我才缓过劲儿来，揉了揉眼睛，重新写那个故事。我继续奋战三小时，最后终于在邮箱的草稿箱里写完了那篇小说。

文章渐渐被发表，不久后，我开始做人物采访。大学二年级暑假，我带着刚买的数码相机，只身一人去往上海，采访一个私人博物馆的馆长。一个乡村的少年，走了遥远的路，站在十里洋场的大上海，感受着黄浦江奔涌的气息，心底油然而生的感慨，让我第一次用另一种眼光重新审视这个世界。

那时候我作为独立写作者，去往北京、上海、南京等好多地方采访感兴趣的人和事，也认识了形形色色的人。这个过程里，除了文字、稿费，最重要的，是我终于慢慢积攒出些许底气，能够平和地看待周围的同学，和他们正常地交往。我从小就孤单甚至有些自闭的心也一点点打开，就像是一条漫长的自我救赎历程。

大学毕业那一年，3月，我因为散落的文字提前被一家单位录用，心情大好，收拾好宿舍的床铺准备去单位报到，却突然接到了姐夫的电话，说我爸住院了，让我赶紧回家。

问是什么病，姐夫一直支支吾吾，我觉得不对劲，却也顾不得那么多，买了车票匆忙往家赶。在路上打电话给妹妹，开始她不肯告诉我，后来被我问急了，妹妹哭着说父亲自杀了。

我听到这个消息，整个脑袋像被炸开了个洞一样，又震惊又害怕又着急。可是偏偏这时车子也不给力，明明已经快到家乡，司机突然说不去了，要直接往河北开，退给我十元钱让我半路下车。

当时是晚上8点多，我独自一人站在国道上拦车，没人肯停，后来遇到一个老大娘，看我可怜，开着电动三轮车送了我一段。大娘走后我又搭上一辆黑车，上了车才知道这是一辆黑社会的车，车上还拉着他们的大佬，一路都在说昨天夜里打牌的事，说要剁掉谁的手指头、卸了谁的腿等，听得我心惊胆战不敢作声，心里盘算着，我身上没多少钱，他们应该也看不上，已经上了贼船就听天由命吧。后来还算平安，他们的车子去一个小树林里兜了一圈又回来了，把我扔在了医院门口。

终于见到了我那要命的亲爹，身上插着各种管子，一动不动地趟在那儿。

我爸是个酒鬼，平时一喝多就耍酒疯，不仅把村里人都得罪光了，连他自己的兄弟姐妹也早就闹掰了，名声臭遍全村。父亲一喝酒就跟我妈打架，往死里打，谁也不敢劝，后来，谁也不愿意去劝了。

那天我爸喝了酒，又跟我妈吵架，我的小外甥，也就是我姐姐的儿子，才两岁，因为平时见多了外公打外婆，特别恨他，这回又看到，就扑过来对他又骂又打。看到两岁多的小孩子都这么对待自己，可能老头儿觉得自尊心受了打击，就把我妹和我妈都锁在房间里，自己去另一间屋子喝了农药。

我妹拼了命弄开窗户爬出来，看到我爸口吐白沫倒在地上，吓得六神无主。当时，她才是个上初中的小姑娘啊！

因为跟所有亲戚的关系都不好，妹妹也不知道应该去找谁，只喊过来一个奶奶，奶奶让妹妹赶紧给爸爸灌水，然后打电话喊我姐姐回来。平时要花两个小时的路程，那天我姐只开了40分钟，大家手忙脚乱地把父亲送去了医院。

妹妹跟我说，她永远也不会忘记那一天，村里所有的亲戚和街坊，包括我们的亲叔叔，都站在大门口看热闹，没有一个人站出来搭把手，大家就像看一场骂街的笑话一样，站在旁边指指点点，全然忘记这是一条人命。

爸爸先是被送到镇上医院，一去医生就让转院，说喝太多不能保证能救活，但是去大医院要两个多小时，在路上人就没了的情况也不排除，这个主意要怎么拿，得有人做主！

当时跟着一起到镇上医院的还有我们的三个姑姑和两个叔叔，都是亲的，他们靠在墙角嘀咕，不是商量到底要不要转院，而是商量到底要不要管这件事！

最后是姐姐自己做了决定：转院！这时候他们商量的结果也出来了，说是要管一下的，要不然以后会落人话柄，都是亲兄弟啊。但是他们管的方法很特别，就是跟着一起去医院，站在旁边，其他什么也不管，害怕万一出了状况要负责。

老爸一直在里面抢救，他的兄弟姐妹们在门口骂我们，怪我们没有看好他，怪我妈不让着他，列举着种种不是。

姐姐见到我就哭了，老爸没有脱离危险，她守在医院寸步不能离，而她自己也是个母亲，两岁的孩子扔在家里没有人管，都是因为这个不争气的老爸。如果生病是没办法的事，可是，这纯粹是自作孽，作为孩子的我们，不管他怎么任性胡闹作践自己和家人，却不可能不去救他，不去照顾他。

后来，老爸终于被抢救了过来，我们总算松了一口气。但是，那次的事情之后，他并没有改掉酗酒的恶习，只要我们有一会儿不看着他，他就偷着跑去买酒喝。可是这么大的人了，谁能每分每秒跟着呢？在我们眼里，他虽然是爸爸，却一辈子都没学会做大人。

因为他，我们每天都过得提心吊胆，怕他喝酒，怕他打人，怕他发酒疯，怕他把自己的身体弄垮。很多年里，我们都会觉得，为什么命运如此不公，那些慈爱又温和的父亲都在哪里，为什么没有分给我们一个？

或许是因为从小缺少父爱，我们几个孩子格外重视感情。毕业后，我揽下了妹妹大学的学费。妹妹很争气，成绩一直出类拔萃，刚刚申请了香港的研究生。而我和姐姐都已经成家，与爱人感情平淡却温暖踏实。我作为一个老公，也作为一个父亲，一直在告诉自己，在以后的人生中，一定要努力做一个好丈夫、好爸爸，让我的妻子和孩子能够有一份正常的爱。

虽然很多年里，我都在迷茫和孤独中度过。但是现在，妻子、儿子还有善良的姐姐和争气的妹妹都是我的骄傲。回想起那些岁月，像是一个人走过了漫漫寒夜，那过程虽然刺骨，却也使我庆幸：我终于还是靠着努力，一点点走到了天亮。

▶ 母亲的礼物

父亲母亲都是20世纪50年代生人，母亲18周岁那年，和16岁的父亲订了婚。订婚之前两人互不认识，还在读书的父亲骑着自行车，到媒人处远远地望了母亲一眼，母亲也看到了父亲，彼此算是见过面了。然后父亲飞快地骑车离开，谁也不好意思说一句话。

父亲18岁，城里的事业单位来招临时工，把唯一符合条件的他招了去。未曾和父亲说过一句话的母亲，于是一直等，等到六年之后结婚，等到有了我哥，又有了我。这么多年里，父亲都是每个月末骑上四五十公里，回家和我们团聚。

七八十年代，父亲当时的月工资是30元钱。因为回家少，每次都会为我准备礼物。母亲则恰恰相反，她没什么钱，每天种地、做饭、看孩子，早已忙得不可开交，根本没心思想礼物这种东西。所以，父亲的到来就显得格外令人期待。周末，我时常搬着小板凳，到村东口父亲来的方向去等他。到家第一件事，便是迫不及待地去翻父亲的黑色手提包，搜一下这次又带回了什么宝贝。

有时候是本小人书，有时候是一把糖，有时候是简单的玩具。我还记得，父亲送我的第一本图画书是《三个好朋友》。

可惜，母亲不识字。我认字之后，开始为母亲讲书上的故事。母亲说，那是她最高兴的时候。从地里忙一天回到家，抱起我，听着我嘟嘟囔囔，再累都不觉得了。

母亲最不喜欢傍晚，家家户户的人都从地里回来，点灯吃饭，这种最简单的温馨，母亲羡慕了十几年。因为每到晚饭，她总是一个人，一手抱着我，一手托着菜盘，一趟趟地搬。等吃过了，又一趟趟地把饭碗端回厨房，单手刷碗。那么简单的事情，对于她却做得比别人都难。很长时间里，母亲做什么都要抱着我，把我放下，我就大哭，而且，我当时小，她怕地上的蝎子伤到我。

我想，很多年后，母亲还是会觉得委屈吧。因为她常常提起来，有一次自己想上厕所，急得不行，却放不下我。她抱着我团团转，终于在大门口看见邻居经过，才忙让对方帮忙接过我，自己跑去厕所。

母亲说，上个厕所都难。

哥哥也委屈。因为他读小学时，每逢下雨，别的同学都有家长来接。只有他，飞快地冲到雨里，飞快地跑回家，每次都被淋成一个落汤鸡。

母亲从来不接他，也接不了他，因为我还在母亲怀里哭闹。

父亲也委屈。家里还种着地，母亲照看不过来，地总是种得比别人家差。赶上农忙，父亲就请假回家帮着种，有一次晚上9点多，父亲才回到村庄，可是家里没有工具，于是跑去向邻居家借。邻居家有只大狗，上去就把父亲咬了，血呼啦啦地流。

父亲的裤腿直流血，却根本没有时间理会，因为请不到单位的假，只有一晚上的时间回来干活。当天晚上，父亲带着伤一瘸一拐地跑去地里把活干完，回到家累得倒头就睡，鞋子、裤子里满是血，可实在太困了，就随它去流。第二天还要早起骑着自行车赶去上班，他只想赶紧睡一觉。

可即使如此，父亲还是因为请假次数过多，差点儿被单位开除。

因为父亲常年不在家，家里种的地总是村子里最少的，收成也向来不好。有一次，母亲骑自行车背着农药去地里，但药太沉，路又崎岖，母亲不小心摔下来，膝盖破了，两个药桶也破了。还有一年，母亲只种了大半亩花生，但刚到收获的时候，就在一夜间被人偷光了。

这样的日子过了好多年，直到我读小学时，我、哥哥和母亲，终于搬到了城里，和父亲团圆。搬家的时候，母亲还以为只是去城里住一段，还会回农村，然而却再也没有回去。

而我也有委屈。

那时候我已经见了“世面”，发现了城里的种种不同，看到班上同学穿得花花绿绿的，连玩具都很新奇，说是爸爸妈妈从哪里哪里给买的。

可是，母亲从来没有给过我一件礼物。

因为母亲没有钱。母亲根本不拿钱，钱都交给父亲。父亲有时候给她一点儿零花的钱，她也不花。我一点儿也不怪母亲，只是觉得，如果母亲能送我一件礼物，什么都行，我一定会好好留着。我很想珍惜它。

也许有时候，就是会想什么来什么吧。小学五年级那年，我终于得到了母亲的一件小小的礼物。

但是很有些遗憾，记不清为什么，我上午跑出去叫人把头发剪了，从一个打小爱扎马尾的姑娘变成了锅盖头。中午，母亲就兴冲冲地回家，手里拿着根彩色的头绳，说是路上看见觉得好看，买给我戴的。可是她看见我就傻眼了。我看见头绳也傻眼了。

那根头绳，我从来没有用过，但是我从母亲手里接过来，还是夸了好看，说过两年还可以用，从此一直收了起来。

母亲只是愣了愣，很快恢复了表情。大概失望与失落经历得太多，母亲的表情总是淡淡的。

但其实那天我难过了好久。我没有告诉她，终于得到了一件母亲的礼物，却变成了无用之物。我很委屈，也很后悔，干吗发神经跑去剪掉了头发！

好在，没有多久。母亲又送了我一件真正的礼物。

那天是周末，和母亲一起逛街。就是那种像菜市场一样的大棚，里面有些卖杂货的。我路过一家卖小玩意儿的，忍不住停下，看见一把木梳很顺眼，于是拿在手里仔细看了看，看完又放下，跟着母亲和邻居阿姨往前走。我知道，母亲没有钱，也不会买东西给我，所以连要求买点儿什么的想法都从来没产生过。

小时候的我，哪怕馋死了雪糕，也从来没开口要过一次。

可是母亲回头望着赶来的我，忽然顿了顿，拉着我回去，拿起我刚才看的那把木梳，问店主多少钱。老板说："一元钱。"母亲摸着梳子说："还挺好的呢，给你买下来吧。"

我一愣，那把梳子就成我的了。

从此，它成了我的宝贝。

我不舍得经常用。只是在心里想，马上就读中学了，就是大人了，或许，这是母亲送的唯一一件礼物了吧。我得一直留着。

于是就一直留着它，上了初中，上了高中，它一直放在我的宝贝盒里，高兴的时候就拿出来翻翻。

可是，有一次拿出来看时，我不小心把梳子摔到地下，摔成了两半。

真的形容不出自己当时的心情，我一下子就哭了。

我捡起地上的梳子，心想，这是母亲送我的唯一的宝贝啊，怎么就摔成两半了？！拿着梳子发了半天呆，我还是心有不甘。最终把透明胶翻出来，把两半梳子重新粘在了一起，很傻，但是，终于又是一把梳子了，我把它重新放回盒子，它依然是我的宝贝。

后来，我读大学，毕业，工作。

那把梳子，仍然是我的宝贝，并且，真的成了母亲送给我的唯一一件礼物。

前年的时候，我收拾东西，母亲看到了那把用透明胶粘着的梳子，哈哈大笑，说："你哪里淘来这么个破梳子，都成两半了还用透明胶粘着，这怎么用，快扔了吧，笑死人了！"

我也跟着笑，但是才不会扔呢！母亲啊，你忘了它，我可舍不得忘。

上个月，哥哥终于开车载着父母来北京看我。因为母亲总是担心我来北京是不是很辛苦、租了什么样的房子、小区里安不安全、吃饭方不方便。

母亲60多岁了。她说，自己在家没事，就会想起我，觉得必须来看看，否则觉都睡不踏实。

母亲来了北京，进到我租的房子里后就长舒了口气，说："原来你的房顶这么高啊！"我一愣，她接着兴奋道，"我听邻居老田说，北漂挤的房子可小啦，伸手就能够到房顶！"母亲一下子情绪好起来，说，"这我们就满足了，放心了，你过得好就行。"

母亲跟我去逛故宫，出门前要梳头，嫌弃自己头发乱。我把牛角梳拿给她，她说：“哎呀，你这个梳子咋这么高级，真舒服！”

我一愣，赶紧说：“这是牛角梳，对头发最好了，你拿回家用吧。”

母亲不肯要，说：“这么好的梳子你自己留着吧，我用你哥哥从宾馆捎回来的塑料梳子就行了，也梳不了几次。”

我哈哈大笑，说：“宾馆免费送的那种梳子怎么行，这个给你了，我还有呢！”

说完，我又拿出一把牛角梳给她看。她也一愣，笑着说：“就一个脑袋买那么多梳子干吗！”

我没说什么。因为不好告诉她，自从小学五年级那年，她买了一把梳子送给我，从此我就对梳子有了特殊的感情，甚至，有点儿梳子控。送别人礼物，有时候也是送梳子，木梳、牛角梳、造型奇特的梳子。甚至有一次送男朋友礼物，也送了把梳子，他摸着板儿寸委屈地对我说：“你这个礼物——很实用，哈哈……”

我相信，每个人对一件事物的钟爱，背后或许都有一个故事。而我的故事，和当年一把一元钱的梳子有关。

那是我今生收到的最好的礼物。

图书在版编目（CIP）数据

你只负责精彩，老天自有安排 / 七月蔚蓝著.
—长沙：湖南文艺出版社，2014.2
ISBN 978-7-5404-6561-2

Ⅰ. ①你…　Ⅱ. ①七…　Ⅲ. ①故事－作品集－中国－当代
Ⅳ. ①I247.8

中国版本图书馆CIP数据核字（2014）第003290号

上架建议：畅销文学·励志

你只负责精彩，老天自有安排

作　　者：七月蔚蓝
出 版 人：刘清华
责任编辑：薛　健　刘诗哲
特约监制：陈　江　毛闽峰
策划编辑：范冰原
封面设计：八牛·设计 baniu_zhu@163.com
内文设计：利　锐
出版发行：湖南文艺出版社
（长沙市雨花区东二环一段508号　邮编：410014）
网　　址：www.hnwy.net
印　　刷：北京天宇万达印刷有限公司
经　　销：新华书店
开　　本：880mm×1270mm　1/32
字　　数：174千字
印　　张：8.5
版　　次：2014年2月第1版
印　　次：2014年2月第1次印刷
书　　号：ISBN 978-7-5404-6561-2
定　　价：35.00元
（若有质量问题，请致电质量监督电话：010-84409925）